Einaudi. Stile Li

Dello stesso autore nel catalogo Einaudi

Notti in bianco, baci a colazione
Sono puri i loro sogni

Matteo Bussola
La vita fino a te

Einaudi

© 2018 Giulio Einaudi editore s.p.a., Torino

Nomi, personaggi, luoghi e circostanze, qualora non siano frutto dell'immaginazione dell'autore, vengono utilizzati per scopi narrativi. Qualsiasi analogia con persone, eventi o luoghi reali è puramente casuale.

www.einaudi.it

ISBN 978-88-06-23635-9

La vita fino a te

a lei

With love in her eyes and flowers in her hair.
LED ZEPPELIN, *Going to California.*

Temere l'amore è temere la vita, e chi teme la vita è già per tre quarti morto.
BERTRAND RUSSELL, *Matrimonio e morale.*

Pare che i nostri occhi mantengano sempre la stessa grandezza, dalla nascita fino alla morte.

S'ingrossa il cuore, i capelli crescono, i muscoli si gonfiano, le gambe si allungano. Gli occhi invece no. Quel che si modifica, nel corso della vita, è il nostro sguardo. Cresce con ciò che scegliamo di metterci dentro, si allarga quando prestiamo attenzione, si restringe con l'indifferenza. La pupilla, per esempio, si dilata del cinquanta per cento di fronte a chi amiamo, come per far passare piú luce. Si riduce quando siamo spaventati, o proviamo disgusto. Uno sguardo può contenere, escludere, accogliere, respingere. Proprio come un paio di mani, la vignetta di un fumetto, l'inquadratura di una foto. Per questo è importante verso cosa lo punti, il fuoco che scegli, l'attimo decisivo che illumina la vita e la trasforma in racconto.

In queste pagine ho scelto di illuminare le cose che per me hanno un senso: l'amore dove lo scorgo – compreso quello dal quale, per paura o vigliaccheria, sono fuggito –, la cura quando mi colpisce, il dolore da cui ho imparato, la bellezza in quel che c'è, anche quando arriva o è arrivata inattesa e quasi a far male. Soprattutto, quella che si annida negli angoli piú bui, attirandomi come un'esca. Accogliendomi come un'occasione. Quella rossa della passione, quella blu della nostalgia e della consapevolezza, quella verde della memoria e della scoperta. Che se le sommi insieme, proprio come nelle antiche teorie cromatiche, dànno il bianco della rinascita.

Ogni sguardo può essere rivolto all'interno, all'esterno, ai nostri piedi o alle nostre spalle. Al passato oppure al futuro. Quando guardiamo qualcosa del nostro passato lo chiamiamo *ricordo*, quando il nostro sguardo è rivolto al futuro lo chiamiamo *progetto*. L'unica direzione a cui non riusciamo mai a dare un nome diverso – è un vero mistero – è il presente. Non ci riusciamo perché ogni sguardo presuppone una distanza, mentre il presente è il tempo della prossimità, dell'immersione, in cui ci muoviamo troppo spesso come palombari in uno scafandro che ci tiene sí in vita, ma rende il corpo piú pesante e i riflessi piú lenti.

C'è però un tempo che contiene tutti gli altri, anche negli abissi piú profondi: è il tempo in cui siamo presenti a noi stessi. È lo sguardo dello stare, il momento che dobbiamo affrontare, comprende indifferentemente ciò che è accaduto o ciò che deve ancora venire. Rende tutto: qui. È il perimetro del disegno, il vestito della scrittura, il luogo delle storie che accadono, soprattutto quelle d'amore. Vissute, immaginate, sperate, fallite, non fa differenza. Purché alla fine, nel setaccio dello sguardo, rimanga un granello di verità.

Ho scoperto che quel granello, per me, brilla di piú se lo scovo dietro il travestimento dell'ordinario: impigliato negli angoli d'un paio d'occhi, fra le pieghe di un cappotto fuori moda, nel ricordo di un bacio alla stazione, nel campanello di una bicicletta. Quando ci riconosciamo nelle vite degli altri, o ritroviamo noi stessi nella nostra.

Nell'istante in cui intravedi la bellezza lí nel setaccio, che affiora.

Mentre la vita che ti chiama è tutto l'amore da scrivere, ancora.

Blu

Le risposte che contano.

La mappa della mia vita sta in un enorme cassetto bianco. Lo chiamo «il cassetto della morte».

Ci butto dentro da sempre le cose che non ho tempo di catalogare, le carte sopravvissute ai traslochi, i documenti importanti, i diari che tenevo al liceo, i vecchi abbonamenti degli autobus, le foto in attesa di destinazione costrette a una convivenza sedimentaria. Le butto lí perché m'illudo che, se stanno in un unico posto, quando mi serviranno le troverò di sicuro.

Ieri mattina dovevo cercare un vecchio libretto degli assegni per restituirlo in banca, ho rovistato nel cassetto, non sono riuscito a scovarlo.

Ho ritrovato invece la brutta copia di una lettera che mi ha aperto a metà. È lunga otto pagine.

È una lettera d'amore scritta a biro verde su fogli a quadretti, la calligrafia frettolosa e storta di chi ha premura, con la quale cercavo di riconquistare una ragazza che mi aveva lasciato.

Comincia con tono incazzoso, finisce che le dico che la amo.

La scrissi millenni fa, la bella copia andai a imbucarla personalmente nella sua cassetta delle lettere facendomi dodici chilometri in bici, alle cinque del mattino, solo per

non essere visto. Ricordo ancora che la prima frase la rubai da un libro di Octavio Paz, e consideravo quanto stesse meglio nella lettera mia che nel libro suo.
Lei non mi rispose mai.
Avevo sempre sue notizie frammentarie, attraverso amici comuni, le solite cose. Chi mi diceva di averla avvistata al Valpolicella Rock Festival a limonare con uno, chi la dava per certa in Brasile o giú di lí. Chi mi diceva è da maggio che sta con Giorgio, non lo sapevi?
Io non riuscivo a farmene una ragione, ero ossessionato.
Una sera la intravidi per puro caso all'interno di un bar, mentre passavo davanti alla vetrina, e feci la mia mossa. Bloccai un indiano di quelli che vendono le rose, e cercando di spiegarmi meglio che potevo nel mio esperanto veronese-inglese gli diedi ventimila lire e gli intimai di filare dentro il bar e consegnare tutte le rose che aveva alla ragazza là in fondo, quella bellissima e splendente come la rugiada del mattino.
Ho sempre avuto un po' di problemi con l'inglese. Infatti il tipo entrò e io dal vetro fui costretto ad assistere all'agghiacciante scena di 'sto venditore maledetto che andò a distribuire a TUTTE le donne presenti nel locale una rosa a testa, implacabile e fulmineo, dopo essersi intascato tutti i soldi che avevo.
Quando l'indiano m'indicò attraverso il vetro, come a dire «eccovi il genio», e l'intero bar si voltò a fissarmi tipo pesce palla in un acquario, compresi per la prima volta il vero significato della parola «umiliazione» (o *figuremmé*, recita il vocabolario dei sinonimi). Dopo quel giorno, niente riesce piú davvero a farmi del male.
Rividi la ragazza tempo dopo a una festa, in quelle scintillanti condizioni da sabato sera a trent'anni. Si era laureata da poco, io ero diventato architetto, lei aveva

una borsetta blu coi brillantini che m'ipnotizzava, parlammo fitto per mezz'ora con i gin tonic che annullavano lo spazio-tempo.

Mi resi conto che il tono incazzoso era sparito del tutto, l'amore invece no.

Ci scambiammo i numeri di telefono – il mio era rimasto lo stesso – qualche giorno piú tardi le mandai un sms che terminava con una domanda, che com'è noto è la regola base per suscitare un messaggio di replica.

Non mi rispose nemmeno allora.

Finí in quel momento anche per me, non ci ho piú pensato fino a ieri.

Mi è venuto in mente che l'amore certe volte termina cosí, sospeso e privo di soluzione, come quei problemi che non abbiamo fatto in tempo a risolvere sui quadernoni delle vacanze estive.

Finisce non quando smettiamo di fare le domande, ma quando non arrivano piú le risposte.

Negli anni magari te ne arrivano altre, a domande che non sapevi nemmeno di avere fatto, contenute in lettere che non hai mai scritto: sono le risposte che contano.

Il mondo intero.

Il ragazzo gracile che fa il barista in stazione a Piacenza prepara cappuccini buonissimi, li serve con un sorriso e un cuoricino disegnato col cacao in polvere, alle ragazze li fa piú grandi. Ha un'età indefinibile, un marcato accento del Sud, negli occhi un velo d'indelebile malinconia di cui non t'accorgi subito – ma due caffè e un muffin ai mirtilli possono essere un tempo sufficiente – che i piccoli occhiali tondi non riescono a celare del tutto. L'agitata lentezza dei suoi gesti mi racconta biografie possibili. Magari vive lontano dalla sua famiglia, ha un capo che lo tratta con arroganza, di notte gli capita di sognare una ragazza gracile come lui ma con gli occhi che ridono. Forse è solo una giornata storta.

Il signore anziano che mentre sono fermo in auto attraversa le strisce con la mano tesa in avanti, come si faceva un tempo, anche se è verde, vive in un passato che lo riscalda piú del giaccone che indossa, e visto dall'osservatorio del qui suscita tenerezza. Mi ricorda mio nonno che per segnalare la svolta in bici buttava tutto il braccio in fuori, poi sterzava all'improvviso e imboccava la strada senza manco girarsi, con la fiducia autoritaria che contraddistingue gli uomini di quelle generazioni.

La ragazza che fa la cameriera nel bar gestito dai cinesi a Mantova, mentre serve ai tavoli ha quell'aria da bestia addomesticata, come se stesse subendo un'ingiustizia. Ha pantaloni a vita bassa, i capelli rasati ai lati, una maglia viola vistosamente scollata con le maniche tirate su. Le maniche arrotolate lasciano intravedere un tatuaggio sull'avambraccio sinistro, il tatuaggio è una delicata rosa rossa che fa a pugni con la sua espressione truce. Quando torna al bancone col vassoio vuoto, la titolare cinese tratta la ragazza con gentilezza, gli ordini che impartisce sembrano quasi delle scuse, lei invece la guarda con supponenza. Nessuna delle due era pronta a trovarsi lí. Ciascuna vive la cosa a modo suo.

Una voce di donna arriva dalla strada e chiama: – Marta! Marta! – giú per la discesa. Una voce di bambina dice: – Arrivo! – Marta mi passa davanti in sella a una bicicletta rossa, suona il campanello sul manubrio, in fondo alla strada la mamma ha le braccia aperte come se dovesse afferrare il mondo intero.

Gli arancini e la nebbia (A light in the fog).

Sul treno per Torino, di fronte a me, c'è un'anziana coppia.
Sono seduti dalla parte opposta del corridoio rispetto alla mia fila.
La signora è esile, minuta, tiene su il cappotto anche col riscaldamento a palla, ha una sciarpa di lana che le fa tre giri attorno al collo, indossa una vezzosa forcina celeste sui capelli che fa pendant coi suoi occhi grigioazzurri. Lui è corpulento, ha le gote rosse per il caldo, indossa una camicia a scacchi stile boscaiolo sbottonata per metà sul davanti. Hanno sollevato il bracciolo di mezzo dei due sedili in modo che lei possa stare appoggiata a lui, sembrano due piante cresciute troppo vicine, una quercia che offre sostegno a un salice piegato dal vento. Lui guarda fuori dal finestrino un panorama avvolto nella nebbia, ha un profilo che pare quello di un pugile. Si volta senza preavviso.
– Hai fame, amo'? – dice.
– Giusto 'nu sfizio, – dice lei.
Il salice si raddrizza, la quercia si tira in piedi, sfila dal vano portabagagli una borsa morbida di stoffa bianca. Ne estrae un contenitore di quelli da frigo, una bottiglia di vetro con un tappo giallo piena di vino rosso per metà, mezzo litro d'acqua in una bottiglietta di plastica. Apre entrambi i tavolini, quello suo e quello di lei, vi posa tutto sopra. Toglie il coperchio al contenitore con accortezza, quasi fosse uno scrigno, ne tira fuori qualcosa che somiglia a una polpetta, o a un arancino di riso, ha un profumo di limone e spezie che arriva fino a qui. Lo consegna alla signora, ne prende un altro per sé. A un certo punto fa una faccia come se si fosse dimenticato qualcosa d'importante, si batte la fronte con tre dita.

– I bicchieri, – dice.
– Li avevo messi 'ncoppa a' madia, – dice lei.
– E fa niente, amo', – dice lui.
Con il pollice toglie al vino il tappo giallo, è uno di quelli che restano attaccati alla bottiglia come una bandierina. Ne ingolla un lungo sorso, lo passa alla signora, la signora posa il suo arancino e afferra la bottiglia con due mani. Beve, il vino le va un po' di traverso, tossisce due volte addosso a lui.
– Ah, t'agg' sbrodolato 'a cammesella, amo', – dice lei.
– Fa niente, amo', tanto nun se vede, – dice lui. – Ce sta 'a nebbia.
La signora sorride mostrando dei denti piccoli che sembrano quelli di una bambina, lui le passa un braccio attorno alla spalla e la tira piano verso di sé.
Le dà un bacio sui capelli proprio sopra la forcina celeste.
In tutto il vagone si spande un profumo buonissimo.

Will Hunting.

– Ah, quindi tu saresti un geometra?
– Architetto.
– Architetto.
– Già.
– E cosa... architetti?
– Mah, prima facevo piccole ristrutturazioni per privati, adesso invece lavoro nell'Ufficio tecnico del Comune. Architetto principalmente piazze, biblioteche, rotonde. Un sacco di rotonde.
– Cioè, le rotonde le architettano prima?
– Eccerto.

– Io mi credevo che le facessero cosí.
– Cosí come?
– E che ne so, cosí. Pensavo che aveste, non so, un coso.
– Un coso?
– Un coso apposta. Un rotondometro.
– Ahahaha, magari. La realtà è che invece sono sempre grandi sbattimenti. Grandissimi.
– Ma le rotonde non sono tutte uguali, scusa?
– Be', non proprio.
– Sono tutte rotonde, no?
– E che vuol dire. Anche i marciapiedi sono tutti dritti ma in realtà sono differenti l'uno dall'altro. Bisogna progettarli uno alla volta, ogni volta.
– Progettarli?
– Certo.
– Dài, mi stai prendendo in giro.
– Ma no, te lo giuro, perché dovrei?
– Di che segno sei?
– Eh?
– Di che segno sei? Dimmelo.
– Indovina.
– E come faccio a saperlo? Non ti conosco per niente.
– Ma prova, dài, leggi i segnali.
– Mmh, vediamo, allora...
– Spara.
– Secondo me sei capricorno.
– ...
– Che c'è?
– Non ci credo.
– Ho indovinato?
– È pazzesco, come diavolo hai fatto?
– Ahahaha. Io non te l'ho detto, però...

– Però?
– È che in realtà sono un po' strega.
– Ussignúr.
– Ti giuro, mi capita di continuo. Tipo che ho predetto alla mia migliore amica che era incinta, prima ancora che lei facesse il test. E la settimana scorsa, per esempio, ero in ufficio e il mio capo mi ha chiesto: «Marinella, secondo lei me lo porto l'ombrello?» e io gli ho risposto: «Secondo me, sí», e le previsioni davano sereno e invece alle quattro è venuto giú un acquazzone da fare spavento.
– Ma sai che me lo ricordo? Ero fuori in bici e me la sono presa tutta.
– Ecco, visto? Comunque va detto che nel tuo caso indovinare è stato abbastanza facile.
– Davvero? Sono cosí banale?
– Ma no. È che quella cosa lí del prendere in giro è tipica dei capricorni.
– Ma non ti ho presa in giro.
– E dài, su, e la storia delle rotonde?
– Ma non ti prendo in giro, ogni rotonda è diversa! Può essere piú stretta, piú larga, può innestarsi su un incrocio che prevede quattro uscite, tre, sette. Può posizionarsi dopo una curva, essere in asfalto, in porfido, avere al centro un lampione o un manto erboso o degli olivi, perfino del rosmarino. Tre mesi fa ne ho progettata una che, per farla, abbiamo dovuto prevedere la demolizione di un edificio. Tutto questo va pensato prima, controllato, calcolato in ogni passaggio. Non sono tutte uguali, te l'ho detto!
– Comunque anche questa cosa è tipica.
– Quale?
– Quella di infervorarsi quando qualcuno ti sgama, è tipica vostra.
– Vostra chi?

– Dei capricorni.
– Ma non è vero!
– Certo che è vero. Guarda come ti infervori.
– Ma non mi sto infervorando! È solo che mi dici delle cose che...
– Ma non te le dico mica io eh, sono le stelle.
– Allora le stelle si sbagliano, su tutta la linea.
– E come lo sai?
– Lo so e basta.
– Vedi? Pure questa è capricorno doc, la presunzione di sapere tutto.
– Sono scorpione.
– Eh?
– In realtà sono scorpione. Ascendente scorpione, pure.
– Aspetta, vuoi dire che mi hai mentito?
– Ma no, che mentito. È che mi dispiaceva... deluderti.
– Vedi, io l'avevo capito subito.
– Cosa?
– Che sei un ballista patentato.
– Ma no, non prenderla cosí, era solo per giocare, dài. Poi te l'avrei detto, giuro. Comunque scusa, da cosa l'avresti capito?
– Da quella storia delle rotonde.
– Ma sulle rotonde ti ho detto la verità!
– E poi il capricorno è il segno dei mentitori.
– Ma non sono capricorno, te l'ho appena detto!
– E pretendi pure che ti creda? A un capricorno?
– Guarda, facciamo cosí.
– Come?
– Ti mostro la carta d'identità. Tieni.
– ...
– Lo so, nella foto sembro Marco Columbro.
– No, va be', non è possibile.

– Ti ringrazio, in effetti qualche anima pia ravvisa somiglianze lontane con Andy García.
– Non dicevo quello.
– Allora di che stiamo parlando?
– Siamo nati lo stesso giorno!
– Eh?
– Stesso mese e stesso giorno!
– Giura!
– Davvero! Ora mi spiego un bel po' di cose.
– Quali cose?
– Questa tua forma di raffinato umorismo, per esempio. Che sembra che tu stia prendendo in giro l'interlocutore, e invece stai costruendo a poco a poco una sottile complicità, quasi una sintonia.
– Ah.
– E anche questo fatto che sembra che ti arrabbi, invece è solo la scorza esterna che mostri, che butti avanti, per paura di scoprirti e per il timore che si veda quanto sei appassionato alle cose che fai.
– Scusa, fino a un minuto fa ero un mentitore seriale, e adesso d'un tratto sono diventato Will Hunting genio ribelle?
– Prima era un po' per giocare, dài, lo hai detto anche tu, no? Non prenderla sul personale. Comunque una cosa la devo proprio ammettere.
– Dimmi.
– Che sei bravo, davvero.
– Grazie. Ma, bravo in che senso?
– Be', prendi per esempio quella cosa lí delle rotonde, quando hai detto che le progetti una per una.
– Sí.
– Per un attimo stavo quasi per crederti.

Apri gli occhi.

Ricevetti il primo pugno in pieno viso a nove anni, per difendere la Martina che mi piaceva da uno di undici. Quando la Martina mi vide sanguinare ai suoi piedi e urlò: «Che schifo!» con l'aria di una che ha appena ingoiato una cimice e scappò via lasciandomi rantolante nel prato, appresi due delle lezioni piú importanti della mia vita. Se l'ostacolo è grosso, colpisci sempre per primo. In fatto di donne, hai dei gusti terribili. Sulla seconda ho recuperato in seguito. Sulla prima ancora m'incarto, perché tendo troppo spesso a concedere il beneficio del dubbio.

Quando una bambina che non avevo mai notato mi s'inginocchiò accanto e mi pulí il sangue dalla faccia, prima con la mano e poi coi suoi capelli, appresi la terza e piú importante lezione: abbi sempre fiducia in ciò che ti capita, anche in quelle che sulle prime possono apparirti situazioni di merda. Che non sei poco furbo se le prendi, o quando cadi, lo sei ogni volta che non trovi la forza di correre un rischio, solo per paura. Perché i pugni presi in maniera onesta non ti chiudono gli occhi.

Te li aprono.

Autobus.

La ragione per cui molte relazioni entrano in crisi è che le donne smettono quasi sempre di essere le ragazze che gli uomini avevano conosciuto. Questo è quel che pensano gli uomini. Non sei piú quella di prima. Non facciamo piú l'amore sei volte a settimana. Perché mi guardi con quegli occhi.

La ragione per cui molte relazioni entrano in crisi è che gli uomini non diventano quasi mai quel che le ragazze che li avevano conosciuti avevano sperato. Questo è quel che pensano le donne. Sei rimasto sempre uguale. Pensi solo a quella roba lí. Perché non mi guardi piú con quegli occhi.

In realtà non c'entrano uomini e donne, o donne e uomini, o uomini e uomini, o donne e donne. La verità è che in ogni relazione c'è uno che cambia e uno che resta piú fermo. Ognuno dei due percepisce il cambiamento dell'altro – perché anche restare fermi lo è, dal punto di vista di chi invece si sposta – come una specie di tradimento. Un'infedeltà. Non sei piú quello che.

È un altro modo per dire che l'amore, in genere, comincia quando due persone si riconoscono. Finisce quando non si riconoscono piú. Non finisce, in realtà. È che c'è sempre uno dei due che si stanca di aspettare l'arrivo, o il ritorno, dell'altro. Certe volte accade a entrambi.

Ogni relazione è come una strada che alcuni percorrono in autobus, altri a piedi. Per i primi, i secondi saranno sempre troppo lenti. Per i secondi, i primi saranno sempre troppo veloci.

Forse basterebbe solo smetterla di aspettarsi come fosse sempre l'altro a doverci raggiungere, nel punto preciso in cui abbiamo deciso di stare.

Cominciare a non lasciarci indietro, proprio come se stessimo camminando insieme, o fossimo abbracciati sugli ultimi sedili di un autobus, a ridere come scemi per il solo fatto di essere lí. Come fossimo ancora quel ragazzo, quella ragazza – ciò che siamo anche quando non lo ricordiamo –, quelli che vivono custoditi dentro lo sguardo di chi ci ama. Quelli che non devono aspettarsi, perché sono sempre stati lí.

Quelli che sanno che, se l'amore ci sceglie, amare invece si sceglie, ogni giorno, anche abbracciati sui sedili di un autobus.

Storia di Mario.

Mario lo incontro sempre al bar della Marisa. Ha ottantaquattro anni ben portati, lo trovi seduto al tavolino in fondo col suo quaderno a quadretti e la matita gialla con la punta troppo corta. Dalla Marisa beve un bicchiere di vino rosso al giorno, uno solo, alle nove del mattino in punto e a stomaco vuoto, poi va a casa.

Un giorno gliel'ho chiesto, a Mario: ma cos'è che scrivi sempre sul quaderno? E Mario mi ha raccontato la storia di come ha fatto a conoscere la Jole.

La Jole era vedova di guerra e aveva quasi vent'anni piú di lui. Mario faceva il garzone del lattaio, le portava tutti i giorni un litro di latte che lasciava nella cassetta di legno al cancello. A Mario la Jole piaceva tantissimo perché era una di quelle donne pratiche e senza tanti grilli, e poi quando la vedeva ridere gli veniva la sindrome di Pascal, e te lo diceva talmente convinto che non ti sentivi di correggerlo perché pensavi che, chi lo sa, magari esiste pure quella sindrome lí.

Comunque Mario, dentro la cassetta del latte, alla Jole metteva sempre un bigliettino con una frase romantica, uno al giorno. Come nei cioccolatini di adesso quelli con la mandorla, mi ha detto.

La Jole non gli rispose mai, o comunque non mostrò segni di particolare apprezzamento. Però nemmeno di fastidio, perciò Mario continuò coi bigliettini, per quasi un anno.

Un lunedí la Jole lo invitò dentro a bere un bicchiere di vino rosso, fuori c'era la neve.
– Mario, – gli disse la Jole, – ma tu ce l'hai mica una morosa?
– No, – disse Mario.
L'indomani la Jole lo invitò dentro di nuovo, ma stavolta non parlarono, e poi nei giorni seguenti ancora, e ancora.
Un giorno Mario glielo chiese, alla Jole. Ma perché non mi hai mai risposto ai bigliettini?
Venne fuori che la Jole non sapeva leggere né scrivere, e si sarebbe vergognata da morire a farseli leggere da qualcun altro. Ma li aveva conservati tutti.
Allora Mario li lesse alla Jole a voce alta, di seguito e proprio come fossero un libro, e fu lí che Mario scoprí che la sindrome di Pascal gli veniva anche quando vedeva la Jole piangere.
Mario e la Jole hanno vissuto insieme quarantasette anni, poi la Jole è morta.
Mario continua a scriverle tutti i giorni.

Ogni cosa ha un prezzo.

Era autunno ed ero a cena a casa di Fabio.
Fabio aveva appena concluso una storia con una ragazza strana e fragile, che una parte di me aveva odiato a prima vista, e si trovava nella delicata fase del dopobomba psichico e della ricostruzione dell'autostima. Io avevo da poco dato l'esame di Progettazione architettonica 2, al termine di un anno estenuante, ed ero in quella fase in cui il mondo ti appare come un'ostrica pronta a dischiudersi solo per te.
Entrambi non sapevamo bene cosa fare della nostra nuova libertà.

Quella sera avevamo deciso di uscire, ma Fabio all'ultimo aveva preferito stare a casa, con uno di quei tipici sbalzi d'umore da uomo ferito e depresso.
– Stasera muoio sul divano, – disse lui. – Mi finisco il vino e poi mi faccio una sega guardando le pubblicità in tv, – sentenziò.

Mi ritrovai solo nella notte veneziana, carico di un'euforia che a casa di Fabio avevo dovuto contenere, per una fraterna e ipocrita forma di rispetto.

Camminare di notte a Venezia è un'esperienza che si dovrebbe fare almeno una volta nella vita. Non parlo della Venezia turistica, cialtrona, ma di quella città oscura, nascosta, misteriosa e al contempo familiare che ti accoglie tra le sue calli come una vecchia nonna, facendoti sentire protetto anche da te stesso.

Per me è significativo che la città piú bella del mondo puzzi sostanzialmente di merda, suona quasi come un monito. Ogni cosa ha il suo prezzo, sembra dire.

Se cammini di notte a Venezia non hai paura, soprattutto se hai bevuto un po'. Fai chilometri senza accorgertene e vorresti non finisse mai. È come una specie di meditazione con il corpo in movimento. Quella sera la mia meditazione etilica venne interrotta di colpo.

Superato campo San Polo, appena voltato il vicolo, fui investito in pieno da un missile piovuto dal cielo. Mi ritrovai a terra dolorante, senza capire bene cosa fosse successo.

Guardai verso l'alto, dal buio emerse una voce femminile.
– Oddio scusa, scusa scusa. Non ti avevo visto!
– Ma porca merda! Ma butti sempre la spazzatura cosí, tu? Dalla finestra?
– Scusa, – ripeté ancora la voce, – è che non si vede niente, e poi di solito di qui non passa mai nessuno!
– Va be', dài, – dissi rialzandomi e cercando di ripulirmi.

– Ma non ti ho fatto male, vero?
– No, non mi pare. Per fortuna non sei una di quelle che butta il vetro insieme a tutto il resto, sennò potevo essere morto!
Udii il suono della sua risata verdeazzurra, qualcosa dentro di me disse «ecco».
– Dài, se sali ti offro un caffè per farmi perdonare, – disse la voce.
Non so perché, forse l'alcol o la botta in testa, ma una parte di me guardò in su e scorse una porzione del suo viso, l'occhio sinistro e il naso illuminati appena dalla lampada della cucina, e registrò il comando «sali» come a dire: *Sali*.
Senza quasi accorgermene, mi ritrovai ad arrampicarmi sulla facciata della casa. Detta cosí pare difficile, ma a Venezia le case sono di mattoni e pietra e sono percorse da cavi e condutture che manco i vicoli di Harlem.
– Ma che fai?!
Mi resi conto di quel che stava accadendo quando ero ormai aggrappato al davanzale della finestra del secondo piano. Ancora oggi penso che sia uno dei gesti piú autentici che io abbia mai fatto in vita mia.
– Tu sei tutto scemo, – mi disse la voce, tendendomi entrambe le mani. Non feci in tempo a prenderle, caddi all'indietro nel vuoto, mentre precipitavo pensavo *ogni cosa ha un prezzo*.
Atterrai sul tallone sinistro, si frantumò.
Chiara fu la prima ragazza per cui rischiai la vita in senso letterale, la prima storia che cominciai zoppicando sulle stampelle.
Nessuna delle due cose riuscí a fermarci.
La parte in mezzo fu una meraviglia, poi la merda prese il sopravvento, Venezia ha sempre ragione.

Nessuno saprà.

Una cosa di cui ti rendi conto quando viaggi molto, soprattutto se prima non eri abituato a farlo mentre ora ti tocca, spesso, passare da una città all'altra a un giorno di distanza, è che piú o meno dappertutto ci sono i messaggi d'amore scritti sui muri delle stazioni, quasi sempre buttati in vacca da scritte aggiuntive – che la tentazione di pisciare sulla bellezza resta uguale ovunque –, le mamme che al mattino portano a scuola i figli piccoli in braccio, i mendicanti fuori dai bar, le librerie indipendenti con le porte socchiuse, le attese apparentemente prive di scopo, i ragazzi che la mattina presto si soffiano nelle mani mentre aspettano il treno, quelli che si baciano alle fermate degli autobus, i numeri di telefono scritti con l'Uniposca sulle panchine scrostate, le file di auto con dentro una persona sola, la gente che fuma fuori dai locali fissando il telefono, le donne con gli occhi tristi, gli uomini con gli sguardi persi, i ristoranti col menu a dieci euro, la gentilezza inattesa, le incazzature impreviste, la bellezza dell'arrivo e la piccola malinconia in ogni partenza che ti fanno pensare: se ogni partenza ha un ritorno, anche ogni ritorno è una partenza da un luogo che, sia pur per poco tempo, è stato casa tua.

Una cosa di cui ti rendi conto quando viaggi molto, soprattutto se prima non eri abituato a farlo mentre ora ti tocca, spesso, passare da una città all'altra a un giorno di distanza, è che ogni posto, con un po' di impegno, potrebbe diventare casa tua, e forse ogni posto in fondo lo è. Questo cambia la tua visione del mondo, l'approccio a luoghi e persone, ma ti fa anche capire che casa tua rimane quel posto dove non c'è solo la bellezza che ti capita ma principalmente quella che hai scelto, quella che è lí proprio perché tu la vuoi. E che la differenza fra le due è che mentre la prima presuppone occhi buoni per vederla, orecchie attente per ricordarla, attitudine ad accoglierla, la seconda ha bisogno soprattutto di mani per prendersene cura, tempo per farla crescere, aria per non soffocarla, voglia di tornare ogni volta a vedere che è successo mentre non c'eri, accorgerti ogni volta che mentre non c'eri qualcun altro ha provveduto e che i piccoli tempi hanno fatto il loro lavoro anche senza di te, che credevi di essere indispensabile.

Tu in cambio porti visioni di altri posti, ascolti di altri luoghi, libri comprati in librerie con le porte socchiuse, piccoli sensi di colpa impacchettati in carte colorate, il ricordo di una minuscola scritta d'amore in stazione, al binario 4, nessuno saprà mai ch'è la tua.

L'amore e i brandelli.

Stanotte non riuscivo a dormire, sono giorni di piccoli problemi, cose da aggiustare, quando l'assedio dei pensieri ha avuto la meglio mi sono alzato nel buio. Sono andato in cucina, ho messo su il caffè, sul tavolo nero c'era una pila composta da vecchi giornali, qualche scontrino, una pubblicità di Gardaland e in cima a tutto, in precario equilibrio, una vecchia foto di Paola.

È un'immagine che non avevo mai visto, un bianco e nero potente, nella foto Paola avrà circa vent'anni. Ha i gomiti poggiati su un ripiano, la testa fra le mani, la bocca imbronciata appena. Una montagna di capelli ricci fa da cornice a due occhi nerissimi e liquidi, che ti guardano dritti con una punta di malinconia che ti trafigge. È di una bellezza che non so. Sono rimasto a fissarla ipnotizzato per qualche minuto, quasi intimorito, al freddo delle tre di mattina, e c'è stato un attimo in cui non ero piú io che la guardavo, non i miei occhi, ma quelli di un ragazzo di vent'anni. D'un tratto ho avuto la precisa, cristallina consapevolezza che se ci fossimo conosciuti allora una cosí mi avrebbe fatto a brandelli. Mi è venuto da ridere quando ho pensato Perché? Vent'anni dopo è forse successo qualcosa di diverso?, e allora ho pensato che la differenza fra me e quel ragazzo, e forse anche fra Paola e la ragazza della foto, è solo che con gli anni, i brandelli, diventiamo tutti piú bravi a nasconderli, per pudore o paura chissà. Te lo ricordi in cucina, guardando una vecchia foto, mentre quella ragazza è nel letto di là che dorme coi suoi brandelli e tu sei in piedi coi tuoi, e capisci che l'amore che resiste non li esibisce come bandiere, ma coi brandelli di entrambi riesce a cucire una coperta che ti scalda e tiene lontano il freddo, quello vero, anche alle tre di mattina.

Le ragioni per cui.

    Quando avevo cinque anni mi iscrissero al mio primo concorso di disegno.
    Mio padre comprava una rivista, si chiamava «Presa Diretta». La rivista indisse un concorso per artisti, si trattava di fare un disegno a colori a tecnica libera. Non ricordo un tema specifico, forse era obbligatorio ci fosse un'auto, non so.
    Comunque, io ero solo un bambino che amava disegnare e non un artista, perciò feci il bambino e disegnai la mia famiglia durante una delle tipiche e assolate scampagnate primaverili degli anni Settanta, quelle delle uova sode verdi e l'insalata di riso e le coperte a quadri stese sull'erba

bagnata e il Super Tele di plasticona che se lo calciavi forte faceva le traiettorie alla Mark Lenders.

Nel disegno rappresentai: mio padre, mia madre, mia sorella, il nostro cane Minú, il tavolino da campeggio aperto davanti alla nostra fiammante Renault 4 rossa. Un sole cosí giallo che non bucai il foglio per un soffio.

Incredibilmente, vinsi.

Incredibilmente perché il concorso era senza limiti d'età, cioè non era un concorso per bimbi e basta, e la rivista era una rivista «seria» e a tiratura nazionale. Ma andò cosí.

Il premio fu la pubblicazione del disegno a tutta pagina sulla copertina del giornale, quindi penso a buon titolo di poter dire che la mia prima pubblicazione sia stata nel 1977.

Ma quello fu solo il riconoscimento. Il premio vero, ufficiale, tangibile, era un quadro di un pittore famoso.

Il quadro mi arrivò a casa circa un mese dopo. Era enorme, aveva una cornice marrone scuro di finto legno ricoperta da una lastra di vetro. Era un misto figurativo-astratto di cui oggi rammento con chiarezza solo una specie di colomba, o delle ali, boh.

– El fa cagàr, – furono le prime parole di mio padre quando scartò il quadro.

Mio padre era ed è un bravo pittore e, probabilmente, aveva pure ragione. Commise però l'errore di insultare il *mio* premio, e di farlo a voce alta. Ricordo che mi arrabbiai moltissimo, che a quei tempi mi arrabbiavo ancora con mio padre senza considerarlo tempo perso. Aveva insultato il mio premio, il premio che mi avevano dato. Per il mio primo concorso. Al quale mi aveva iscritto lui. Come poteva?

Credo sia stato per farsi perdonare che decise di appendere il quadro sopra la madia all'ingresso. Mio padre, che per una contorta forma di pudore non ha mai appeso in casa un quadro dipinto da lui prima dei sessant'anni. In compenso dopo ha recuperato con gli interessi tappezzando le pareti di qualsiasi cosa, per una contorta forma di egocentrismo che ti parte dai sessantuno, o forse perché non gliene fregava piú un cazzo di fare il finto umile. Quindi penso che per lui sia stato comunque uno sforzo notevole.

Fatto sta che quel quadro orribile, il mio premio, rimase appeso sopra la madia per sette anni.

Poi traslocammo, e «casualmente» il quadro andò perso, insieme al mio cane Minú che nella nuova casa non sarebbe potuto stare per via del regolamento condominiale da Gestapo.

Passarono quasi undici anni prima che partecipassi a un altro concorso. Era il primo concorso indetto dalla neonata associazione culturale Lo Spazio Bianco di Alassio. Era richiesto di realizzare una tavola a fumetti a tecnica libera.

Nella mia tavola disegnai l'ultimo giorno di vita di un eroinomane. Sbagliai con la china alle otto di sera del penultimo giorno utile per la spedizione. All'epoca non sapevo come correggere, non conoscevo tempera bianca né pecette, non esisteva Photoshop. L'unica soluzione era ricominciare tutto da capo. Inaugurai cosí la prima notte in piedi della mia vita per una tavola a fumetti. Consegnai in ritardo o fu colpa delle poste, fatto sta che la mia pagina arrivò fuori tempo massimo per tre ore. Mi squalificarono.

Andammo ugualmente ad Alassio a vedere la mostra dei partecipanti. Per la prima volta ammiravo delle tavole a fumetti «vere», dal vivo. Fu uno shock. Credo fosse rimasto colpito pure mio padre, perché alcuni lavori erano davvero belli. Illuminanti, per me.

Usciti dalla mostra andammo a mangiare la focaccia in riva al mare e io decisi che da grande avrei fatto i fumetti. Lo confessai a voce alta. Mio padre non disse niente.
Fu la seconda volta in vita mia che lo decisi, in verità. La prima era stata nel 1978. Subito dopo aver terminato la lettura di «Devil Gigante» n. 15 dell'Editoriale Corno disegnato da Gene Colan, quello dove fece il suo ingresso Jester.
In seguito l'avrei deciso molte altre volte, nel corso degli anni. Anche mentre facevo la facoltà di Architettura. Anche quando mi licenziai dall'Ufficio tecnico. Lo decido anche adesso, quasi tutte le mattine.
Un mese fa, durante un pranzo domenicale coi miei, mi sono intrufolato con la figlia maggiore nello studio di mio padre lasciato aperto.
Ho scoperto il mio quadro orribile del premio, quello casualmente andato perso, girato al contrario e nascosto dietro un cavalletto. Sul retro del quadro c'è scritto in rosso maiuscolo «MATTEO, millenovecentosettantasette» sottolineato due volte.
– Papà, perché ridi da solo?
– Niente, Virginia. Hai un papà scemo.
– Hai una lacrima qui.
– Sí. Vieni, usciamo, che il nonno sta tornando.

La pizzetta (La vita e il resto).

Stamattina, dopo aver accompagnato le bambine a scuola, sono passato in panetteria.
Una commessa è uscita da una tenda a righe bianche e verdi. Ho chiesto una pizzetta coi würstel. La commessa l'ha presa con una pinza argentata, l'ha infilata in un sacchetto bianco di carta, è andata alla cassa.

– Un euro, – mi ha detto.
Ho aperto il portafogli e, con mia grande sorpresa, ho scoperto di essere senza soldi. Mi sono frugato anche nelle tasche, ma niente.
– Posso pagare col bancomat? – ho detto.
– No, il bancomat è rotto, – ha detto. – E poi per un euro.
– Allora senta. Verso le undici dovrò uscire di nuovo, posso passare e portarle l'euro piú tardi? Abito qui vicino, giuro, non scappo in Brasile con la pizzetta, – ho detto ridendo.
La commessa mi ha squadrato.
– No, – ha detto, guardandomi come fossi un pezzente.
Ha tolto la pizzetta coi würstel dal sacchetto di carta e l'ha rimessa in esposizione al banco, mi ha dato le spalle ed è sparita dietro la tenda.
Io sono rimasto lí, con la mia voglia di pizza in gola, e per un attimo mi sono sentito nudo, ho provato una sottile vergogna. Ho pensato a quelli che sono costretti a sentirsi cosí tutti i giorni, persone a cui la vita è andata male, che devono subire di continuo sguardi come quello. Stavo quasi per incazzarmi, poi ho pensato che la commessa, dal suo punto di vista, aveva ragione. Sono uscito, sono salito in auto, sono andato a fare bancomat, ho prelevato una banconota da cinquanta. Sono tornato in panetteria. La commessa è uscita dalla tenda a righe bianche e verdi.
– Vorrei una pizzetta coi würstel, – ho detto.
La commessa mi ha squadrato.
Ha preso la pizzetta con la pinza argentata, l'ha infilata nel sacchetto bianco, è andata alla cassa.
– Un euro, – ha detto.
Ho estratto il portafoglio e le ho allungato la banconota da cinquanta.

– Non ce l'ha un euro? – ha detto.
– No, – ho detto.
– Non so se ho da darle tutto il resto, – ha detto, – mio marito è uscito ora a cambiare.
– Fa niente, – ho detto, – il resto passo a prenderlo piú tardi.
La commessa mi ha guardato come fossi deficiente.
– Se sta bene a lei, – ha detto.
Ho preso il sacchetto bianco e sono uscito. Ho fatto due passi e sono andato al parco. Ho mangiato la pizzetta seduto su una panchina, il cielo minacciava pioggia.
La pizzetta era buonissima.

La ragazza del Costa Rica.

In quarta liceo arrivò a scuola una ragazza del Costa Rica.
Si chiamava Laura, il preside ce la presentò dicendo: – Da oggi avrete in classe una compagna che profuma di caffè, – che è un po' come se io andassi in una scuola francese e mi additassero come quello che profuma di pizza margherita.
Laura aveva una cascata di treccine nerissime, gli occhi piú azzurri che io abbia visto mai, un delizioso e buffo accento sudamericano e sulla guancia una piccola voglia a forma di stella. In piú, aveva il senso dell'umorismo e capiva le mie battute.
Non potevo non innamorarmene perdutamente.
Le feci un filo garbato – anche se impacciato rende meglio l'idea – per qualche mese, a ogni sua risata prendevo un po' piú di coraggio. E Laura rideva sempre.
Un giorno mi buttai e la invitai fuori. Laura, con mia grande sorpresa, accettò. Per non sbagliare, le diedi appun-

tamento al ponte piú famoso di Verona, per avere la certezza di un luogo che conoscessimo bene entrambi. L'appuntamento era per le quattro del pomeriggio. Dopo la prima mezz'ora di ritardo entrai in agitazione. Dopo un'ora non sapevo che pensare. Dopo un'ora e mezza iniziò a piovere. La attesi per altri quaranta minuti sotto una pioggia battente e circa alle sette gettai la spugna e tornai a casa sconsolato. Era il 1989, non esistevano i cellulari, e pure il telefono di casa era una roba che una ragazza ti dava tipo a un passo dal matrimonio, che sennò pareva sconveniente.

Sulla strada del ritorno pensai le peggio cose: che avesse cambiato idea, che mi avesse mentito o preso in giro, che fosse morta investita da un'auto. Dovetti attendere la mattina seguente per scoprire la verità.

Laura mi aveva aspettato dall'altra parte del ponte.

Io ero sulla riva sinistra dell'Adige, lei dalla parte della riva destra, dietro le mura. Distanti ottanta metri in linea d'aria, separati da un fiume, avevamo atteso per lo stesso tempo prendendo la stessa pioggia come due deficienti, senza che a nessuno dei due venisse in mente di attraversarlo, entrambi testardi e convinti della propria posizione, escludendo ogni alternativa possibile.

Non ci fu una seconda occasione, perché qualche giorno dopo Laura venne invitata fuori da Sebastiano della quinta A, che per andare sul sicuro passò a prenderla a casa in Vespa e vinse tutto.

Da allora penso che l'amore certe volte è cosí, tu attendi sulla tua riva che ti venga a prendere, un po' per orgoglio e un po' per paura che non ti trovi, mentre funziona solo quando ciascuno fa il suo pezzetto di strada e ci si incontra proprio lí, esattamente al centro.

Poi mi succede pure che ogni volta che leggo «Costa

Rica» su un giornale, tipo durante i mondiali di calcio o che ne so, sento un profumo di caffè nelle narici e una brevissima fitta al cuore.
E quando conosco qualche Sebastiano mi sta sulle palle a prescindere.

Acqua e farina.

– Quindi, secondo te, l'amore è solo una questione di chimica?
– Piú di tutto il resto.
– Non ne sono sicura.
– Ti faccio un esempio: fai conto che io sia idrogeno. Non voglio restare idrogeno tutta la vita. Una delle possibilità che ho di cambiare stato è trovare dell'ossigeno per diventare acqua. Nell'acqua, da un punto di vista dinamico, l'idrogeno e l'ossigeno sono indistinguibili, ma da un punto di vista chimico e molecolare sono entrambi presenti. Uno è indispensabile all'altro, capisci?
– Mh.
– Il punto non è rinunciare a essere sé stessi, annullandosi in una relazione, ma trovare l'elemento giusto che si combina con te e ti valorizza.
– Mi ricorda quella cosa che mi diceva sempre mia nonna quand'ero piccola, a proposito di lei e il nonno, cosí diversi: «L'acqua e la farina fanno il pane. Invece farina e farina non fanno niente».
– Esatto!
– Noi però siamo piú tipo farina e sottaceti, mi sa.
– Embe'? Io adoro i sottaceti.
– Io sono celiaca.

Il poeta famoso.

Una volta ho conosciuto un poeta famoso. Tenne una lezione alla facoltà di Architettura di Venezia, disse che in poesia non si deve parlare d'amore. Io lo ascoltai e basta, in prima fila. La sera, lo incontrai nel baretto rosso di campo Santa Margherita. Lui mi riconobbe, io mi avvicinai. Bevemmo un paio di ombre di bianco insieme e fu lí che glielo chiesi. Gli chiesi perché non bisogna parlare d'amore in poesia. Lui mi rispose che l'amore non si dice. Io gli dissi che invece l'amore era l'unica cosa di cui si dovrebbe dire. Lui mi disse che l'amore si dice proprio non dicendolo, ma – mi disse – quel che intendeva lui era il sentimentalismo. Da evitare come la morte. Io gli dissi allora di spiegarsi meglio, perché se lui dice amore io capisco amore, non sentimentalismo. Lui mi disse che in poesia le parole hanno tanti significati. Risuonano. E che amore può voler dire amore ma anche sasso. Io, che ero fresco di Octavio Paz e avevo quella linearità di ragionamento tipica degli studenti, gli dissi che secondo me era esattamente il contrario: che in poesia le parole sono cosí dense che sono spade affilate e hanno significati chirurgici. Che in effetti la prosa descrive, mentre la poesia *dice*. E che il bello della poesia è proprio che è la cosa che dice meglio di tutte al mondo. La poesia non ha margini di interpretazione, gli dissi. La poesia è. Lui mi disse che sí, ma che l'essere della poesia è per sua natura multiplo. E che il problema era proprio il dialogo. Che era impossibile capirsi se io lo incalzavo con domande di cui pensavo di conoscere già le risposte. Che in una conversazione le parole dette sono ingannevoli.

Allora io gli chiesi di dirmelo con una poesia.

Lui mi guardò dritto negli occhi e mi disse: – Non rompermi i coglioni, – poi buttò giú il vino e mi strinse le spalle fra le mani.

In quella stretta compresi che io ero un ventenne pedante convinto di sapere tutto. E che lui mi aveva appena spiegato l'amore e la poesia, insieme.

(Poi mi lasciò da pagare, cosí mi spiegò anche l'economia).

Storia di Esse.

La meditazione entrò nella mia vita all'inizio degli anni Duemila.

La storia con Esse era giunta al suo capolinea, o per meglio dire avevo rovinato tutto di nuovo. Esse mi aveva rapito in autunno con i suoi occhi tristi, che io ero riuscito a illuminare per un po' ma non abbastanza. Mi lasciò.

Passò del tempo ma non finiva mai. Dopo qualche mese le scrissi. Esse però era una tosta e conosceva tutti i trucchi. Capí che le mie parole erano sincere ma non sarebbero state sufficienti. Adesso devi venire a prendermi tu, era la morale. Cosí feci.

Furono mesi estenuanti di assedio gentile. Di caffè lunghissimi, Marlboro Lights fumate per metà, pomeriggi nelle librerie, nasi freddi sotto i portici. Ogni volta che mi sembrava di essere vicino, lei mi ributtava indietro crudele azzerando il vantaggio.

Un giorno, a sorpresa, Esse mi offrí l'occasione definitiva. Vieni a meditazione con me, mi disse. Io al tempo avevo letto Thoreau, Kabat-Zinn, ma soprattutto *La via dello zen* di Alan Watts e pensavo di essere avantissimo.

Entrato nel dojo pieno di quaranta-cinquantenni, circondato da sorrisi che mi apparivano forzatamente sereni, un po' d'angoscia mi colse. Il Maestro era un sessantenne gentile ma dall'aspetto roccioso, con un marcato accento vicentino. Si meditava seduti in cerchio all'interno di una stanza umida, in silenzio. Ciascuno dei presenti aveva il suo *zafu*, un cuscinetto che si poggia sotto le ginocchia durante la pratica. Siccome era la mia prima volta, io mi ero portato un asciugamano da spiaggia. Forse per quello, quando il Maestro mi disse di chiudere gli occhi e visualizzare il mare, non ebbi alcun problema a farlo. Quando mi tirò la prima bastonata sulla cervicale per «svuotarmi la mente» invece rischiò un gancio sinistro. Ma andando contro i miei pregiudizi e nonostante l'involontaria comicità di alcuni momenti, portai a termine l'esperienza intenzionato a ripeterla.

All'uscita, Esse mi guardava con occhi diversi e io avevo già un po' capito. Cascammo dentro all'osteria di fronte al dojo come due apneisti che ritornano in superficie. Io mi persi di nuovo nel suo sguardo triste che mi sembrava un miracolo riuscire ad accendere ancora. Proseguí per un altro anno circa, in una sorta di amore disperato che subivamo nella speranza che stavolta accadesse qualcosa di diverso, ma somigliavamo a due bambini che non hanno abbastanza fiato per gonfiare un palloncino.

Quando Esse mi lasciò di nuovo, fu in ospedale. Era ricoverata a causa di una superinfezione per la quale stava rischiando di finire in dialisi. Fu l'unico caso in cui feci valere una mia conoscenza, rompendo le palle a un vecchio amico che convinse il padre famoso chirurgo a tornare prima dalle ferie, per salvarle il rene. Esse pallida e sotto bombardamento antibiotico mi disse Senti, non è piú cosa. Io non dissi niente perché sapevo che aveva ragione e ammiravo il tempismo del suo coraggio.

Ci fu un abbraccio che piú che un addio sembrava una specie di promessa e qualche minuto dopo ero in mezzo al parcheggio nell'aria tiepida di fine settembre. Quando entrai in auto c'era un forte profumo di fiori. Sul sedile dietro vidi le rose che le avevo comprato e dimenticato lí. Le buttai ma ne tenni una, che poi seccai tra le pagine di *Saturno e la melanconia*.

Il giovedí seguente andai a meditazione ma Esse non c'era. Proseguii per poco piú di due mesi. Lei non venne mai. Un giorno degli ultimi litigai violentemente con uno del dojo per una battuta storta e sentii tutto il mio zen fluire via in un istante. All'uscita il Maestro mi avvicinò e io pensavo volesse darmi una bastonata, invece mi disse: – Mi è sempre stato sul cazzo, quello lí.

Mancavano tre giorni a Natale. Sentii improvvisa una gran fame e passai dai banchetti in piazza a farmi un panino caldo con la salsiccia. Mentre mi nevicava in testa e addentavo il pane realizzai che in quel momento c'era tutto lo zen che mi serviva.

La settimana dopo non tornai, Esse invece sí.

Due cose.

Nella via sopra la stazione c'era una signora che non riusciva a parcheggiare. Continuava a uscire dal posteggio a bordo strada e a riprovare, sbagliava manovra perché non sterzava a sufficienza. Dietro di lei, una coda di una decina di auto bloccate dai suoi tentativi, fra le quali la mia. Le persone hanno cominciato a suonare il clacson dopo nemmeno cinque secondi, spazientite, qualcuno agitava la mano fuori dal finestrino aumentando la tensione. Siccome anch'io avevo fretta e rischiavo di perdere il treno, ho messo le quattro frecce, sono sceso dalla mia auto, sono andato verso quella della signora. Ho bussato al finestrino, la signora mi ha guardato dapprima spaventata, poi lo ha abbassato per metà. Le ho chiesto se potevo aiutarla a parcheggiare. Era tutta rossa in viso, stretta nel suo cappotto nero e visibilmente agitata, ha annuito due volte con la testa. Mi ha fatto sedere al posto di guida, io ho innestato la retromarcia e ho parcheggiato in un'unica manovra. La signora mi ha detto un grazie a mezza voce, quasi imbarazzata, le ho detto di non preoccuparsi e sono sceso velocissimo. Mentre risalivo nella mia macchina, pronto a ripartire, le persone nelle auto hanno cominciato a suonare a me. Un tizio in una Mercedes bianca mi ha affiancato e invadendo l'altra corsia mi ha espresso tutto il suo garbo veneto, scomodando Dio, qualche santo e perfino mia mamma. È sgommato via ma è stato costretto a inchiodare al semaforo rosso, cinquanta metri piú avanti. Mi si è chiusa la vena e qualcuno dentro di me ha pensato: Adesso vado là, lo tiro fuori dalla Mercedes per un orecchio e gli offro l'opportunità di porgermi le sue scuse spontanee. È stato in quel momento che ho visto la signora del parcheggio allontanarsi a passi spediti verso le scalette della stazione, trascinando un trolley rosa. Si è girata per un attimo, si è accorta che la guardavo, mi ha salutato, l'ho salutata anch'io, lei mi ha sorriso e una Panda azzurra mi ha suonato, allora ho chiuso la portiera, ho acceso l'auto e tolto le quattro frecce.

Quando sono ripartito avevo un vaffanculo nelle orecchie e un sorriso negli occhi e ho pensato che, alla fine, la qualità di ogni tua giornata dipende solo da quale delle due cose ha piú valore per te.

Le tende.

In studio ho quattro tende.

Sono appese a un lungo bastone reggitenda da cui scendono quattro pezzi: uno bianco panna, uno blu notte, uno che è un lenzuolo celeste con fantasie arancioni anni Settanta. L'ultimo pezzo è un rettangolo di cartone di due metri per uno, ricavato dallo scatolone di una libreria Billy.

Le tende cadono tutte sulla stessa finestra. I quattro pezzi infatti sono degli scampoli che erano stati appesi per vedere quale effetto mi piaceva di piú: se la luce soffice della tenda bianca, la possibilità di oscuramento quasi totale di quella blu notte, l'effetto caleidoscopico del lenzuolo, oppure l'andatevene affanculo e lasciatemi a morire qui del cartone.

Alla fine ho deciso che mi piacevano tutti e quattro, e ho lasciato cosí.

C'entra anche la pigrizia, va detto. Ma c'è il fatto che amo l'idea di non discriminare niente e dare a ogni scampolo la sua possibilità di vita. Trovo inoltre poetica – anche se un filo bizzarra, d'accordo – l'opportunità di avere quattro luci diverse, quattro atmosfere contrastanti allo stesso momento e nello stesso luogo. Mutano di poco a seconda dell'ora del giorno – ognuno dei quattro scampoli prende il sopravvento sugli altri per breve tempo, a causa della differente inclinazione dei raggi solari – ma nella sostanza è come lavorare nel clima psichedelico di una puntata di *Mork & Mindy*.

Mia madre mi chiede se ho scelto ogni volta che la vedo, non si rassegna.

La cosa difficile è resistere alla tentazione di rispondere come da ragazzino: «Il liceo artistico».

Dico solo: «No».

Lei mi guarda con l'aria del muto rimprovero, mio padre mi versa l'ennesimo bicchiere di vino che non voglio e si ricomincia a parlare della Carla che ha comprato la casa di Pipion.

La carbonara.

Un'amica che non sentivo da molto tempo mi ha telefonato e mi ha parlato dei suoi problemi di cuore. Frequenta un tipo che non si capisce mai bene cosa voglia. Prima sembra che voglia la storia, poi no, poi di nuovo sí, poi le chiede piú spazio, infine la chiama nel cuore della notte per dirle che con lei sta molto bene, che sente di amarla, se non fosse che. Mi ha confessato che ha la spiacevole sensazione, a quasi quarant'anni, che lui stia cercando lentamente di cambiarla, come se lei non fosse abbastanza, e che questo la sta mandando in confusione sui suoi sentimenti e che gli uomini, vedi, alla fine son tutti uguali. Io le ho detto che non è questione di uomini, perché una volta, anni fa, sono stato con una tipa con la quale avevo lo stesso problema a parti invertite, e solo dopo molta sofferenza ho capito. – E cos'hai capito? – mi ha chiesto la mia amica, – spiegami che m'interessa.

Allora le ho spiegato la mia teoria definitiva sull'amore.

– Capire l'amore che si prova per una persona, – le ho detto, – o che una persona prova per noi è cosa semplice.

È come un piatto di pasta alla carbonara.

Troverai sempre chi ti dirà: «A me la carbonara piace, però senza pepe», oppure: «Io nella carbonara ci metto la panna», o ancora: «Io la mangio solo con la cipolla», o

robe cosí. Il fatto è che senza pepe, o con la panna, o con la cipolla, non è piú carbonara.
A quel punto la questione diventa elementare: forse la carbonara non ti piace davvero, sennò te la mangeresti com'è senza tanto rompere i coglioni.
Con l'amore funziona uguale.

Dei ritorni.

Dei ritorni di notte adoro l'attimo in cui scendo dall'auto per aprire il cancellone con la chiave, mentre guardo in su, verso le finestre, e cerco di capire dalla poca luce che filtra dai buchi delle tapparelle se ci sia ancora qualcuno sveglio ad aspettarmi, i diciotto passi contati dal prato, due magnolie, un pallone sgonfio, che separano il garage dal vialetto, il momento in cui passo sotto la pianta dai fiori bianchi che mi accarezza i capelli con le foglie, quello in cui entro dalla taverna, Garrett viene a salutarmi e Cordelia invece alza appena la testa, fare la scala a chiocciola con la valigia in mano scapuzzando ogni volta sul penultimo gradino, andare in cucina e rubare un ovetto di cioccolata illuminando la confezione con la pila del cellulare, togliermi le scarpe e metterle in fila accanto a quelle delle bambine, verificare che l'ingresso sia ben chiuso, gli attimi in cui percorro il corridoio al buio, le luci tenui delle lampade da notte di Virginia e Ginevra che filtrano appena dalle loro porte accostate, il momento in cui apro la porta di camera nostra e le trovo lí, Paola che mi sorride piano, Melania che le dorme addosso tipo piumone, io che mi siedo sul letto, do un bacio sui capelli a Melania, l'attimo prima che Paola mi chieda: «Allora, com'è andata?», quello dopo averle detto: «Tutto bene», lei che mi guarda senza dire niente, mi prende la mano, io stringo la sua, Melania che mi frana addosso come attirata da una calamita, l'odore del suo respiro, Paola che spegne la luce sul comodino e dice, solo allora: «Sono contenta che sei tornato», io che sorrido al buio pensando che lei non mi veda, il suo piede che tocca il mio sotto le coperte apparentemente per sbaglio, invece no.

Xièxie.

Ieri sera Virginia e io eravamo a casa da soli, allora le ho proposto di andare al ristorante cinese. Mi ha chiesto se poteva vestirsi bene e si è cambiata, si è pettinata e ha indossato un grazioso cerchietto azzurro sui capelli. Si è portata una vecchia borsetta blu della mamma, dentro ci ha messo la macchinetta fotografica e il libro *Voglio i miei mostri!*, dal quale non si separa mai. Durante il tragitto in auto mi ha chiesto come si dice «grazie» in cinese e abbiamo fatto le prove.

Al ristorante si è seduta composta da vera signorina, ha estratto il suo libro dalla borsetta e se lo è messo a fianco sul tavolo. Si guardava attorno continuando a parlare, come una ragazza al primo appuntamento. Mi ha chiesto se i pesci che vivevano nell'acquario fossero felici e io le ho detto di no. Lei mi ha detto che almeno nell'acquario non ci sono gli squali che li mangiano, e a me è venuto da pensare che senza saperlo aveva appena compreso la differenza tra sicurezza e libertà. Abbiamo ordinato i ravioli al vapore, una zuppa per me, le tagliatelle ai quattro gusti e il pollo al limone per lei. Nell'attesa, mi ha chiesto di insegnarle a usare le bacchette e ha imparato subito. Quando ci hanno portato i piatti Virginia ha detto: – Xièxie, – alla

cameriera, che le ha sorriso e le ha detto: – Plego –. Dopo aver consumato insieme i ravioli, mi ha chiesto se poteva assaggiare la mia zuppa. Le ho detto di stare attenta che era un po' piccante e gliene ho dato un cucchiaio. Virginia dopo averla provata aveva una faccia che non si capiva.
– Ti piace? – le ho chiesto. Lei mi ha guardato e si intuiva che aveva un po' paura di dispiacermi e stava cercando le parole. – Sai, papà, – ha detto, – la tua zuppa adesso che ci ho bevuto sopra la Coca sa un po' di cerotto –. Mi è venuto da ridere e ha riso anche lei, poi è arrivato il pollo al limone e Virginia si è illuminata. – Xièxie! – ha detto.

Quando siamo tornati a casa mi ha chiesto se, visto che eravamo da soli, poteva stare alzata fino a mezzanotte a finire di vedere l'episodio 1 di *Star Wars*. Io le ho detto che per me andava bene.

Alle dieci e un quarto ho spento le luci, l'ho sollevata piano dal divano per non svegliarla, me la sono tirata addosso e l'ho portata nel suo letto. L'ho coperta e le ho dato un bacio sulla guancia. La guancia sapeva di limone. Le ho accarezzato la testa al buio e ho pensato: «Xièxie».

I ponti.

Ci sono persone che ci parli e ti sembra di conoscerle da sempre.

Vi capite al volo, stesse modalità, tempi che durante una conversazione coincidono talmente che vi sembra quasi di leggere un copione. È capitato a tutti. La sensazione subito è meravigliosa, ci si sente accolti, compresi, sembra di essere finalmente a casa.

Ho imparato negli anni, a malincuore, che io con quella gente lí non vado quasi mai da nessuna parte. Tutte le persone che nella mia vita hanno avuto o hanno un peso, me le sono dovute conquistare un pezzetto alla volta, vincendo le mie, e le loro, reticenze. Partendo spesso da punti, se non diametralmente opposti, comunque molto distanti. Per esempio il mio migliore amico è ultracattolico e io – tanto per capirci – di secondo nome faccio Fidel. Bere un bicchiere di vino in coppia, su un balcone al tramonto, nella mia scala di gioie della vita credo stia al terzo o quarto posto, eppure mi sono messo con Paola che è astemia e dell'alcol manco può sentirne l'odore. Paola, del resto, sogna di andare una sera a teatro e io piuttosto mi darei fuoco. Ho un collega che stimo ma col quale non mi trovo quasi mai d'accordo, eppure le riflessioni migliori mi arrivano spesso da cose che scrive. Una delle mie storie piú lunghe è stata con una ragazza che era convinta di avere i poteri, e dopo un po' che stavo con lei, quando la guardavo negli occhi, per quanto razionalmente sapessi che era una cosa stupida o comunque molto distante dalle mie convinzioni, sentivo che i poteri ce li aveva davvero. Su di me, di sicuro.

Il punto è che ogni incontro con l'Altro è un percorso, e a me piace camminare un po' prima di raggiungere l'altra parte e sentirmi infine a casa. Perché nessuna casa è tale senza un sentiero davanti che ti ci porta, proprio come nei disegni che si fanno da bambini. È tracciare quel sentiero che costa fatica. Piú me ne costa, piú so che ne varrà la pena.

Ho rafforzato questa convinzione nei miei anni a Venezia. Un tempo, quella porzione di laguna non era che un agglomerato di isolotti sparpagliati senza speranza. Hanno costruito i ponti ed è diventata Venezia. È una lezione che cerco di non dimenticare mai: la bellezza si può edificare solo insieme, e piú due isole sono lontane piú il ponte che le congiungerà dovrà essere robusto ed elastico al contempo. Per questo gli amori migliori, quelli davvero inaffondabili, uniscono spesso geografie umane distanti, sono quelli che nessuno riesce a spiegarsi il perché e sulla carta non gli avresti dato due soldi. Eppure.

I tuoi occhi.

Sono in stazione a Pescara, sto aspettando il treno per Bologna, un signore dall'aria malconcia mi avvicina. Mi si piazza davanti e mi fissa per un paio di secondi, immobile.

– Salve, – dice, – io sono un barbone, sto chiedendo l'elemosina, accetto anche monete da un centesimo.

Articola le parole con lentezza e dignità, come mi avesse appena detto: «Buongiorno, sono l'avvocato Abbatelli».

Avrà circa la mia età, indossa un maglione color autunno tutto sfilacciato sopra il quale porta una vecchia giacchetta a rombi senza maniche. Ha due occhi azzurrissimi che sembrano riflettere la luce, è come guardare uno specchio. La sua mano tesa contiene pochi spicci color rame e una moneta dorata da venti centesimi. Estraggo il portafoglio, scopro di avere solo una banconota da cinque euro. Gliela do. Mi guarda come fossi scemo, poi sorride, gli sorrido anch'io, mi ringrazia con compostezza e si allontana.

Il fatto è che apprezzo la sincerità. Mi piace che abbia detto semplicemente quel che è, senza vendermi quella storia che sento ormai uguale in quasi tutte le stazioni, raccontata con la stessa finta aria trafelata: «Scusa, ma devo fare il biglietto del treno per tornare a casa! Mi mancano pochi euro, non è che potresti aiutarmi?» oppure quell'altra del: «Avresti qualche soldo per un panino?» e poi quando ti offri di comprarglielo tu al bar ottieni un rifiuto, o ancora quei cartelli scritti col pennarello nero che raccontano vicende di tragedie lavorative e familiari troppo simili, magari tutte vere, magari no. E mi viene da pensare che se avessimo piú coraggio nel dire agli altri chi siamo, dichiarare la nostra condizione senza tanti infingimenti, evitando di raccontarci storie, forse vivremmo con meno paure.

Il che non significa smetterla con le storie, ma raccontarne che dicano davvero di noi, delle nostre fragilità, dei nostri problemi e dei nostri limiti. Che possano aiutare magari a riconoscerci, anche in un paio d'occhi azzurrissimi incrociati una mattina in stazione. A capire che tu hai avuto culo, ma potevano essere i tuoi.

A sentire che in fondo lo sono.

Prestare i libri.

Certi amori sono come quando cerchi un libro che ti serve.

Controlli nella tua libreria, sicuro di trovarlo al suo posto e invece non c'è. Allora ci pensi e ti viene in mente che l'avevi prestato a Coso. Che a Coso gliel'avevi detto già tre anni fa. Gli avevi detto Coso – ti ricordi bene – riportami il mio libro, cazzo. E lui ti aveva detto Certo, non appena torno dal mare ci vediamo. Invece poi niente, e tu ti sei scordato e Coso pure. E in quel preciso momento Coso lo odii di un odio primordiale e definitivo. Allora gli telefoni, a Coso, lo chiami e gli dici Ciao Coso, ti ricordi il libro quello, me lo potresti restituire mi serve grazie, vengo a prendermelo anche adesso. E Coso ti dice Eh? Quale libro? Guarda che ti sbagli, lo avrai prestato a qualcun altro. E tu, che invece sei sicuro al punto che se si potessero scaricare degli mpeg dei ricordi verrebbe giú tutto il filmino in Hd con la scena di te che gli dài il libro in mano mentre una lacrima ti riga la guancia sinistra e in sottofondo parte *Scrivimi* di Nino Buonocore – pure con la data in sovrimpressione – ecco, tu avresti voglia di andare da Coso, adesso, subito, mettergli a soqquadro tutta la cazzo di libreria, recuperare il tuo libro, infilargli una forchetta in un occhio, dar fuoco alla casa, e uscire camminando come Bruce Willis in un *Die Hard* qualsiasi con l'edificio che ti esplode alle spalle, colombe bianche che si levano in volo dietro di te, in strada tutti i prestatori di libri del mondo che ti applaudono cantando *Take Me Home* di John Denver.

Invece te la tieni, vai su Google, digiti «titolo libro + pdf», e incredibilmente lo trovi, e pensi Vaffanculo ho fregato il destino e pure quello stronzo di Coso, vedi alle volte. Salvi il file, lo apri, e ti compare la scritta «inserire la password». E tu non la sai, la dannata password, e il pirla che ha messo il file in condivisione non ha pensato di scriverla da nessuna parte, allora tu, preso dalla disperazione, come password scrivi «Cosomerda» neanche potesse succedere qualcosa, invece niente.

Morale, quando dovete prestare un libro esistono solo tre scenari possibili:
1. non prestarlo, per nessuna ragione al mondo, mai;
2. siete Bruce Willis;
3. mettiamoci d'accordo e come password scegliamo tutti «Cosomerda», sempre.

Il tempo di tornare a casa.

Sono in ospedale, devo fare un prelievo del sangue.
Dentro la saletta d'attesa siamo una cinquantina di persone. Anziani perlopiú, ma anche giovani e qualche

adolescente. Due bambini. C'è un caldo soffocante e un vago sentore di toast bruciati. Prendo il mio numero e mi metto in attesa. Sono il 122. Vorrei togliermi il giubbino e la sciarpa, ma non ci sono attaccapanni né sedie libere e non ho voglia di tenere tutto sulle ginocchia. Ho già in mano le impegnative, i fogli della segreteria, il numero e la tessera sanitaria. Il berretto poi non lo tolgo a prescindere, che sotto ho i capelli cosí schiacciati e unti che se lo levassi sembrerei pettinato come il Padrino. Seduto di fianco a me c'è un anziano signore con il flacone delle sue urine. Lo tiene con entrambe le mani, con attenzione e orgoglio insieme. Sembra stringa il Santo Graal. Indossa un cappello che ricorda quelli dei film di gangster e un elegante completo gessato stirato male. Mi fa un po' tenerezza il pensiero che si sia vestito bene apposta per venire a fare le analisi. Di fronte a me uno dei due bambini mi fissa con insistenza. Gli sorrido. La madre se ne accorge e gli dà un buffetto sul gomito come a dire non dar fastidio agli estranei, che potrebbero essere assassini terroristi dell'Isis con l'ebola e la barba grigia, non vedi che faccia?

Quando chiamano il mio numero sono seduto da un'ora e venti e avrò perso un litro di liquidi. In piú, com'è ovvio, non ho fatto colazione. Mentre mi siedo sul lettino, l'infermiera mi scruta.

– Si sente bene?
– Sí, non si preoccupi. Ho solo dormito poco. Piuttosto, senta, potrei chiederle un favore?
– Mi dica.
– Il prelievo potrebbe farmelo dal braccio sinistro? Perché l'altra volta me l'avete fatto dal destro e mi è venuto un enorme livido violaceo. Il braccio mi ha fatto male per giorni. E io per lavorare uso solo quello.

– Non c'è problema.

Mentre mi lega col laccio emostatico, resto in attesa della domanda.

– Che lavoro fa?

– Faccio i fumetti.

– I fumetti? Come, i fumetti?

– Facevo l'architetto. Adesso, da qualche mese, faccio il disegnatore di fumetti.

– Ma dài! Ma pensa. Ma li disegna in che senso? Cioè, li fa a mano?

La guardo per cercare di capire se sia seria. Purtroppo, sí.

– No no, non li facciamo a mano. Cioè, usiamo le mani. Però abbiamo dei timbri.

– Dei timbri?

– Sí, dei timbri di ogni personaggio. Anche degli sfondi o delle auto o degli alberi o dei cavalli. Li pucciamo nell'inchiostro e *tac*, si timbrano sulla carta.

– Ma davvero?

– Le giuro. Poi ci sono anche quelli piú evoluti, come me, che invece usano direttamente il computer.

– Oddio, il computer?

– Sí, ci sono dei programmi speciali, fatti apposta. E poi ho un tasto. Enorme. Con su scritto: «Disegna fumetto». Lo schiaccio e il computer fa tutto.

– Ma... ma. E perché il tasto non può schiacciarlo con la mano sinistra, scusi?

– Perché la mia consolle è impostata da destrorso. Se lo schiacciassi con la sinistra, il computer se ne accorgerebbe. Dovrei riprogrammarla da mancino, ma servirebbero giorni e giorni. E poi mi verrebbero fuori tutti fumetti giapponesi che si devono leggere all'incontrario.

– Ma sta scherzando, vero?

– Solo un pochino.
Le sorrido. Mi sorride. Mi toglie il laccio, mi mette il cotone col cerotto, io mi alzo e mi rivesto.
– Lei è davvero bravissimo a inventarsi le storie, sa?
– Grazie.
– Dovrebbe scrivere.
– Be', qualche volta lo faccio. Però quando scrivo non m'invento niente.
– E allora come fa?
– Le faccio un esempio. Posso scrivere di questo nostro incontro sulla mia bacheca Facebook?
– Come?
– Mi dà il permesso di scrivere un breve racconto su questa nostra conversazione?
– Un racconto? Un racconto come?
– Be', diciamo che il racconto comincia in una affollata sala d'attesa d'ospedale. Io devo fare le analisi del sangue e incontro una bellissima infermiera che mi chiede del mio lavoro. L'infermiera si chiama. Come si chiama?
– Antonella.
– Ecco, Antonella. Che ne dice?
– Non saprei. Nessuno ha mai scritto un racconto su di me. Mi sembra una cosa carina.
– E come vorrebbe che lo intitolassi, il racconto?
– Oddio, ahahaha, non so proprio. Mi faccia pensare. *La splendida Antonella*? Anzi no, aspetti: *Incontro al sangue*. Le piace?
– *Incontro al sangue* è un bellissimo titolo.
– Ma lo farà davvero?
– Il tempo di tornare a casa.
– Anche quello.
– Cosa?

– Anche quello è un bel titolo, non le sembra?
– *Il tempo di tornare a casa?*
– Sí.

Un giorno.

Una volta dissi: – Voglio suonare l'arpa, – e mio padre mi comprò una chitarra.
La chitarra che mi comprò non era nemmeno di legno, ma di una specie di plasticona resinosa, gialla.
Fu sufficiente.
Mi ci impegnai su per anni, fino a quando il mio maestro non decise di regalarmi la sua.
La sua vecchia chitarra era una Alhambra, ed era una chitarra flamenca.
Cosa fosse una chitarra flamenca, non me l'aveva mai spiegato nessuno. Me lo spiegò lui, e io lo imparai bene.
La amai cosí tanto che a quattordici anni già suonavo sui palchi, terzo di un trio che eseguiva *soleares*, *granadinas* e *bulerías* in giro per i piú noti locali di Verona (quando ancora c'erano). Fu un periodo bellissimo. Facevo quel che volevo fare.
A sedici anni, il mio maestro mi disse: non ho piú nulla da insegnarti. Se vuoi andare avanti, devi trovarti un maestro di quelli veri. Io, che non avevo mai pensato lui fosse un maestro finto, subito non capii. I miei genitori invece sí.
Il mio nuovo maestro aveva un nome austriaco. Era molto ambito e per ammettermi pretese un provino. Dopo avermi sentito suonare, decise che: avevo l'orecchio assoluto, mi serviva una chitarra tedesca, mi avrebbe preparato per gli esami del conservatorio.
Mi accorsi subito che a suonare per lui non mi divertivo piú. Faceva partire il metronomo, io eseguivo, lui mi fis-

sava le mani ossessivo sgranocchiando salatini. Affrontai comunque gli esami e tutto quanto, ma alla fine decisi di mollare e glielo dissi. Mi odiò un po' per questo.

Per tutta risposta, mi comprai una Fender e misi su una band. Ci chiamavamo «i Vacuum». Cantavamo canzoni in italiano di cui io scrivevo i testi, oltre a essere la chitarra solista. La nostra hit piú famosa si intitolava: *Basta che respiri*, e penso non ci sia bisogno di aggiungere altro.

Mi iscrissi all'università, scoprii la poesia del suonare in piazza San Marco per le turiste che ogni sera mi chiedevano *Stairway to Heaven* e *Wish You Were Here*, e mi persi in una lunga via di notti alcoliche veneziane.

In seguito mi ripresi il flamenco. Suonavo alle lezioni di danza. Scrissi molte ballate acustiche, tristissime, la piú bella per una ragazza che poi.

Un giorno smisi del tutto.

Ho un pulsante senso di colpa per questa cosa. Al punto che, sebbene non suoni da quindici anni, tengo comunque le unghie della mano destra lunghe e perfettamente curate. Perché penso sempre: «Si sa mai».

La mia chitarra è qui davanti a me, anche ora. Mi guarda ogni mattina durante il lavoro come a dire «apri 'sta cazzo di custodia e fammi prendere aria».

Ma io non lo faccio, resisto, rimando. Per paura e fiducia insieme.

Perché sono ancora convinto che, se aspetterò abbastanza tempo, forse un giorno aprirò quella custodia.

E ne tirerò fuori un'arpa.

Invece.

Ti ho vista la prima volta alla biblioteca dell'università dove andavamo a studiare, era un martedí di pioggia, ho capito subito che non avrei mai, mai avuto nessuna chance. Entravo quasi sempre dopo di te, nel senso che quando arrivavo tu eri già lí.

La verità è che venivo a studiare in biblioteca solo per vederti. Le giornate migliori erano quelle in cui riuscivo a sedermi al tuo stesso tavolo, tu nascosta dietro la tua pila di libri di Storia e i tuoi occhiali da segretaria con la montatura blu e i tuoi capelli color mogano riccissimi e raccolti sulla nuca con grazia antica e la tua cortina di lentiggini che, non te l'ho mai detto, ma io sognavo di unirle con una penna come i puntini della «Settimana enigmistica», perché nella mia fantasia ne sarebbe uscita di sicuro la mappa che mi avrebbe portato fino a te.

Un giorno ti ho vista baciare un ragazzo altissimo mentre scendevi le scale, lui ti ha presa al volo dai gradini e ti ha sollevata zaino e tutto senza sforzo, come non pesassi niente, e credo di non avere mai odiato tanto qualcuno, perché pensavo che se ti avessi sollevata io cosí, su quelle scale, avremmo rischiato la vita entrambi, ma soprattutto, soprattutto, ho pensato che non ti meritasse.

Poi la vita è pazzesca ed è andata a finire che ci siamo messi insieme, e quanti cappuccini roventi la mattina presto e birre ghiacciate dal Gianca e mani fredde dietro al collo e baci sulle scale d'emergenza e ascolti di *Shooting Rubberbands at the Stars* e messaggi porno scritti sui frontespizi dei libri e sciocchezze sussurrate da questa stupida bocca bugiarda e lacrime trattenute dentro le sciarpe e risate che riempivano l'abitacolo della Fiesta come vapore dopo una doccia sono serviti per scoprire che invece, invece, alla fine quello che non ti meritava ero io.

Le perline che se le guardi bene bene scintillano.

Paola e le bambine sono dai nonni, ho avuto una notte tormentata da brutti sogni e devo andare in farmacia a cercare di farmi dare la mia medicina, senza ricetta. La mia dottoressa oggi non c'è e ieri mi sono dimenticato di farmela fare. In piú ho perso il collirio, che sto consumando a litri perché gli occhi, in questi giorni di dodici ore al tavolo da disegno, gridano vendetta. Siccome è sabato e la mia farmacia è chiusa, devo cercarne una aperta per turno. Ne trovo una a tre chilometri.

Dentro c'è la coda. Sono l'ultimo di una fila di otto. Al bancone, un farmacista anziano sta discutendo con una ragazzina. La ragazzina ha i capelli viola raccolti con una specie di elastico di spugna morbida, che fa talmente tanti giri che glieli tiene su come fossero una treccia verticale, pantaloni verdi larghi con le tasche laterali, scarpe da ginnastica alte tutte sporche, piercing all'orecchio. Una catena lunga le pende da una tasca. Non vedo un cane bruttissimo sennò direi punkabbestia, sicuramente. Il farmacista le sta spiegando che senza ricetta non le può dare il farmaco che sta chiedendo. Ottimo, penso. La ragazzina si spazientisce e lo manda a cagare, si volta e fa per uscire. Quando è quasi alla porta si ferma, si avvicina, mi guarda con una dolcezza che contraddice il suo aspetto torvo.

– Posso chiederti un piacere? – bisbiglia.

– Dimmi, – bisbiglio.

– Provi tu a fartelo dare? – bisbiglia. – Ti do i soldi.

Mi passa una banconota da dieci euro stropicciata.

– Ah, senti, – bisbiglio, – qualsiasi cosa sia se non l'ha data a te non vedo perché.

– Perché è un vecchio stronzo, – bisbiglia.

- Ah, - bisbiglio.
- Mi serve una boccetta di *** [*nome di ansiolitico molto noto*], - bisbiglia.
- Scusa, - bisbiglio, - non dubito che tu ne abbia bisogno, non fraintendere, ma questa è una roba potente, anch'io non te la darei mai senza una ricetta del tuo medico. Penso che in realtà sono lí per cercare di fare la stessa cosa. Mi viene da ridere.
- Perché ridi? - bisbiglia.
La signora col cappotto beige davanti a noi si gira e ci fissa.
- Niente, - bisbiglio. - Senti, usciamo, vuoi? Cosí mi spieghi meglio.
Scopro che si chiama Margarita – «Come il cocktail», dice –, sua madre viene dalla Romania ma adesso è in carcere. Lei vive piú o meno a casa di una sua amica e spesso dorme anche al centro sociale oppure dove capita, perché suo padre tanto non c'è mai e non gliene frega niente. Mi mostra i braccialetti al polso fatti con fili di rame, pezzi di ottone piegati e perline grigie che se le guardi bene bene scintillano, cose fatte da lei che poi vende. Sono davvero belli. Le dico che secondo me non è mica vero che a suo padre non gliene frega niente.
- Non mi chiede mai un cazzo, - dice.
- Non ti chiede mai un cazzo perché ha paura di te.
- Paura?
- Ha paura perché sei una tosta, e vorrebbe dirti che ti vuole bene ma non sa come avvicinarti, - dico. - Per cosa ti serve l'ansiolitico?
- Di notte ho gli incubi.
- Capita anche a me.
- Tu perché?
- Perché penso a quando le mie figlie avranno la tua età e magari andranno a vivere piú o meno a casa di un'amica

o a dormire al centro sociale, o dove capita, credendo che non m'importi niente.
Ride.
– E come fai quando ce li hai?
– Di solito mi alzo e vado a baciarle, mentre dormono.
Mi guarda.
– Potresti provare anche tu, – dico.
– Cosa?
– La prossima volta che hai un incubo, ti alzi e vai a dare un bacio a tuo papà mentre dorme. Magari funziona. Certo, per provare devi tornare a casa.
Mi scruta, seria.
– Allora la boccetta non me la prendi, vero?
– Non ci penso neanche. Però vorrei un braccialetto, – dico indicandole il polso.
– Questi sono i miei! – dice ritraendo il braccio. – Ma se vuoi te ne faccio uno.
– Voglio, – dico.
Le lascio il numero di telefono, cosí quando è pronto Margarita mi manda un messaggio. Ci salutiamo e attraversa la strada e va a slegare un cane marrone bruttissimo dal palo del divieto di sosta, poi passa un minuto ad accarezzarlo, infine lo abbraccia. Lo sapevo, io per 'ste cose ci ho sempre avuto occhio.
Anche per i braccialetti.
Anche per le perline grigie che, se le guardi bene bene, scintillano.

I giorni di festa.

I miei cani aspettano il panettiere anche nei giorni di festa.
Loro non lo sanno mica che è Santo Stefano, ieri Natale, fra sei giorni domenica, non capiscono che il panettiere

oggi non passerà a depositare il sacchetto del pane nella piccola cassetta metallica fuori dal cancello. Non lancerà loro il bocconcino che li rende felici, la ragione piú importante delle loro giornate. Lo attendono lo stesso fuori al freddo, gli occhi rivolti all'inizio della salita, ricolmi di aspettative, fermi come sentinelle. A dire il vero, non sono nemmeno sicuro che non lo sappiano del tutto, è che forse ci sperano e basta, anche di fronte all'evidenza. Il fatto è che se piegare la speranza è difficile, quello che da piegare è quasi impossibile è la fiducia. È la fiducia che ha a che fare col prendersi il freddo, naso in su, fregandosene delle apparenze o delle circostanze avverse. Ciò che in definitiva significa: prendersi un rischio. Li guardo dalla finestra e mi fanno un misto di rabbia e rimpianto. Rabbia perché non riesco a spiegar loro che il panettiere oggi non passerà. Rimpianto perché, nel vederli, mi viene da pensare che in fondo io non sono e non sono mai stato molto diverso. Ho passato lunghi anni al cancello, in attesa di non ho mai saputo bene cosa, mi sono preso paccate di freddo. Poi un giorno il panettiere è arrivato proprio quando meno me lo aspettavo, ma per fortuna avevo gli occhi aperti e stavo guardando nella direzione giusta. Capita a un sacco di persone, tutti i giorni, perché alla fine non sappiamo mai quando una promessa potrebbe essere mantenuta, o una sorpresa manifestarsi, o la vita portarci ciò di cui non sapevamo nemmeno di avere bisogno, finché non arriva a dirci: sono qui. Infatti, penso ora, io non potrei mica giurarci che il panettiere oggi non passerà. È un lunedí, l'Esselunga è aperto, ci sono anche persone che lavorano, in fondo chi può dirlo veramente? Forse hanno ragione loro, ci sono cose che si meritano il fatto di prenderci tutto il freddo che siamo in grado di sopportare. Forse quando la vita passa l'unica cosa che conta è farsi trovare pronti, anche fuori al freddo, il giorno dopo Natale, mentre quelli che non ci credono se ne stanno alla finestra al caldo delle proprie certezze.

A guardarci con un misto di rabbia e rimpianto, nel preciso momento in cui ci prendiamo i rischi che abbiamo scelto per noi.

La Principessa Mezzanotte.

Il messaggio diceva: «Perché non mi ami?» ma il messaggio non sembrava per me.
Il numero era sconosciuto. Decisi di rispondere lo stesso.
«E tu perché mi ami?» scrissi.
Dopo due minuti il Nokia bippò.
Il messaggio diceva: «Perché sei tu».
Questa volta il messaggio era per me. Il tuo punto di vista cambia quando i messaggi sono per te.
Pensai di interrompere subito il gioco, perché mi pareva di essere inopportuno e crudele.
Scrissi: «Guarda, mi sa che hai sbagliato numero, ho risposto solo per scherzare. Scusa».
Non ci fu replica.
Era passata da poco la mezzanotte, vivevo ancora a casa dei miei – sarei andato a vivere da solo in estate –, mi ero appena addormentato e avevo il cellulare acceso appoggiato sul comodino. Arrivò un nuovo sms, il cuore fece un sobbalzo, non ero abituato a ricevere messaggi notturni.
«Bastava dirmi: perché no», diceva il messaggio.
Mi sentii terribilmente in colpa, cominciai a digitare una risposta che chiarisse del tutto la questione. Poi mi fermai, indugiai un momento. Decisi di chiamare.
– Pronto? – disse una voce di donna.

– Pronto, – dissi sussurrando. – Innanzitutto scusa l'ora, volevo solo dirti che non so chi tu sia, però hai sbagliato numero. Ritenevo corretto dirtelo di persona, perché ho l'impressione che tu mi stia ancora prendendo per qualcun altro.
Ci fu una lunga pausa.
– Grazie di avermi chiamata, – disse la voce.
– Figurati, – sussurrai.
Seguí un nuovo silenzio.
– Ma stai bene? – sussurrai.
– Non tanto, – disse la voce.
– Mi spiace, – sussurrai.
– Perché non mi ami? – disse la voce.
La domanda mi colse di sorpresa, anche se era la stessa di prima, ma l'amore scritto e l'amore detto sortiscono sempre effetti diversi. Forse per questo risposi come se la frase fosse davvero rivolta a me.
– Perché non ti conosco, – sussurrai.
– Io sí, – disse la voce.
– Non capisco, – sussurrai.
– Ti ho visto alla laurea di Scolari, – disse la voce, – ti ho incontrato anche alla festa del Giangi, mi hai chiesto una sigaretta.
– Aspetta, chi sei? – dissi.
– Non mi conosci, – disse la voce, – lo hai appena detto.
– Ma chi ti ha dato il mio numero? – dissi.
– Ti ho sentito mentre lo dicevi a una ragazza bionda, – disse la voce.
Ripensai alla festa, era stata tre settimane prima, non rammentavo nessuna ragazza in particolare e men che meno di avere dato il mio numero a qualcuno. Avrò bevuto troppo come al solito, pensai.
– Scusami, – dissi, – ma davvero non mi ricordo di te. Mi dici come ti chiami?

– No. Se non ti ricordi non fa niente. Ma dopo oggi ti ricorderai, vero? – disse la voce.
– Sí, – dissi.
– Posso chiamarti ogni tanto? Solo cosí, per parlare? – disse la voce.
– Ah… certo. Va bene. Magari non sempre a quest'ora, ecco, – dissi.
Risi mentre lo dicevo, lei no.
– Allora ciao, – disse la voce.
– Ciao, – dissi.
Salvai il numero nella memoria del cellulare. Non sapendo il nome scrissi in rubrica: «Principessa Mezzanotte».
La Principessa Mezzanotte prese a telefonarmi, tra gennaio e aprile, soprattutto la sera tardi. Certe volte mi scriveva e basta. Dopo una fase di imbarazzo iniziale in cui ci annusammo con prudenza, cominciammo a parlare di lei, di me, delle nostre aspettative e aspirazioni. Dei nostri sogni. Era strano e liberatorio confessarsi con una sconosciuta. Io al telefono sussurravo sempre, un po' per non svegliare i miei, un po' perché i segreti richiedono di essere detti a bassa voce. La Principessa Mezzanotte invece parlava a voce alta, come le persone quando sembrano contente di raccontarti qualcosa. O magari non rischiava di disturbare nessuno.
In quasi tre mesi non mi ha mai detto il suo nome, non sono mai riuscito a capire chi fosse, non ci siamo mai incontrati. Forse era la paura di rovinare tutto, forse quel che avevamo ci pareva un piccolo incantesimo frangibile da proteggere dal mondo.
Un giorno la Principessa Mezzanotte smise di telefonare.
Attesi per piú di una settimana chiamate sue che non arrivavano, cominciai a preoccuparmi.
Richiamai io una sera, poi la mattina seguente, poi di nuovo la sera stessa. Mandai diversi messaggi. Non ci fu alcuna risposta.

Una notte, intorno all'una, ricevetti un messaggio. Sobbalzai. Era suo.
«Qual è la differenza fra l'amore dato e l'amore percepito?» diceva.
«Come stai? Dov'eri finita?» risposi subito.
Il telefono tacque mentre lo fissavo, poi d'un tratto bippò.
«L'amore dato è quel che conta, perciò grazie».
Chiamai un secondo piú tardi, non serví. Poi ancora, e ancora. Non rispose mai piú.
Oggi che sono passati molti anni, il cellulare di notte lo tengo spento. È rimasto lo stesso da allora. Al mattino capita che mi arrivino tre o quattro messaggi assieme. Nei pochi secondi prima di leggere i mittenti, una parte di me ha ancora un piccolo sobbalzo.
Quando mi chiedono perché continuo a girare con un vecchissimo Nokia aggiustato con lo scotch, rispondo sempre: «Perché prende dappertutto», ma questa è solo una parte di verità.
L'altra parte è che credo nei piccoli amori invisibili, nella fiducia apparentemente priva di scopo, nei segreti sussurrati e accolti, nella bellezza del portare sempre addosso vecchi messaggi d'amore che sono per te, anche quando non sono per te, inviati dalle principesse a mezzanotte che non chiamano piú.

La vita fino a qui.

Il 14 febbraio, la notte in cui I. mi disse che non era piú sicura di amarmi, lessi ubriaco un paio di pagine di Carver ascoltando *Out Here on My Own* di Irene Cara alla luce di una candela. Era quasi mezzanotte ed era saltata la corrente. I miei erano in montagna e mia sorella era fuori. Io avevo bisogno di qualcosa per anestetizzare la fitta interiore e la sensazione di scivolare che si provano quando si intuisce il termine di una relazione. Quella sera, e per tutta la primavera e il resto dell'anno, un paio di frasi mi salvarono. Ne ricordo solo una. La frase era: «Myers sedette con la schiena alla locomotiva. La campagna fuori dal finestrino cominciò a scorrere sempre piú velocemente. Per un istante ebbe l'impressione che il panorama gli scappasse davanti agli occhi. Stava andando da qualche parte, questo lo sapeva. E se per caso si trattava della direzione sbagliata, prima o poi l'avrebbe scoperto».

Io lo scoprii l'anno dopo e molte volte in seguito. Unendo tutte le direzioni sbagliate e i ripensamenti viene fuori la mia vita fino a qui. Oggi è il 14 febbraio, sono in studio, è sabato pomeriggio e fuori piove. Il treno sta andando da qualche parte anche adesso. Non mi chiedo piú se la direzione sia giusta, cerco solo di non farmi scappare il panorama davanti agli occhi.

Non sono solo nello scompartimento e amo le voci che mi accompagnano.

Il sedile non è sempre comodo, ma stavolta sono sicuro che è il mio.

Verde

La prima volta.

La prima volta che ho visto un uomo picchiare una donna, quell'uomo ero io.

Lei mi aveva appena confessato di avermi tradito, solo per una sera, solo con un bacio, solo per un gin tonic di troppo, solo perché erano settimane che ero chiuso nel mio mutismo malinconico esistenziale da venticinquenne stronzo e lei non riusciva a intravedere spiragli.

Li intravide nelle parole di un altro, poi nella sua bocca.

Ricordo la fluidità spaventosa del puro gesto, la vibrazione elettrica che, senza intoppi, dopo la sua confessione percorse in un millesimo di secondo il tragitto cuore-testa-braccio-mano fino a scaricarsi in un sonoro schiaffo sulla faccia di lei, che io vidi in diretta, riflesso come un fotogramma, nella porta a vetri dell'*Excalibur*.

Lei mi fissò senza abbassare lo sguardo, i suoi occhi dicevano: ecco, vediti per la miseria di uomo che sei, i miei dicevano: ecco, guarda cosa mi hai fatto fare. Non mi aveva fatto fare niente, perché la violenza, come il tradimento, sono alla fine sempre scelte, anche quando le nascondiamo dietro l'alibi della colpa altrui.

Non è mai piú successo, con nessun'altra, ma da quella sera so che questa cosa mi abita mio malgrado e vive dentro di me come un parassita. C'è un vecchio detto che dice che dentro ciascuno di noi vivono due lupi, e sta a noi decidere, ogni giorno, a quale dei due vogliamo dare da mangiare.

Quella sera presi la mia decisione.

La seconda volta che ho visto un uomo picchiare una donna è stato sette anni piú tardi, in un parcheggio fuori da un ristorante, era il giorno del mio compleanno. Ero uscito con un paio di amici per festeggiare, e dopo cena una ragazza a malapena ventenne con il trucco sfatto dalle lacrime piangeva disperatamente, urlando di non essere una troia e spergiurando a un tizio col doppio dei suoi anni che lui era l'unico uomo della sua vita. Il tizio l'ha raggiunta e le ha tirato una sberla che si è sentita fin dove eravamo noi, lei è caduta sulla schiena e una scarpa rossa col tacco è volata alta, concludendo la sua parabola poco lontano.

– Tu sei mia! – le ha urlato il tizio.

Io sono rimasto paralizzato, come stessi vedendo una mia immagine riflessa per la seconda volta, Fabio invece è partito un istante dopo e aveva un'espressione in faccia che diceva *adesso lo ammazzo*, ma la ragazza si è rialzata come se una mano invisibile l'avesse tirata su, ha guardato il tizio, poi gli ha tirato il calcio nei coglioni piú rapido che io abbia mai visto.

Il tizio si è accasciato a terra, lei ha cominciato ad allontanarsi zoppicando su un tacco solo, lui da terra le ha urlato: – Ti amo, Anna! – Lei si è girata e gli ha detto: – Mi fai schifo, vecchio di merda, torna da tua moglie! – e ricordo di avere pensato che quella frase doveva avergli fatto di sicuro piú male del calcio, perché gli aveva reso chiaro che, anche fosse, lui non aveva alcun titolo per parlare di tradimenti.

La ragazza si è avvicinata a Fabio, del sangue le usciva dalla bocca, lo ha guardato e gli ha detto: – Me lo date un passaggio a casa, per favore?

Eravamo venuti con tre macchine, Fabio per primo ha estratto dalla tasca del giubbotto le chiavi della sua, le ha risposto: – Però guidi tu, perché io ho un po' bevuto, – e le ha passato le chiavi come le stesse consegnando a qualcuno che conosceva da una vita.

Anna mi ha confessato in seguito che è stata forse quella frase, quel primo giorno, quel primo minuto, le prime parole pronunciate da Fabio, quel darle fiducia e al contempo volerla proteggere perfino da sé stesso, a farla innamorare di lui.

Fabio mi ha confessato il giorno dopo che non riusciva a smettere di pensare alla bocca sanguinante di Anna, mentre me lo diceva le mani gli tremavano.

Anna e Fabio oggi hanno due figlie.

Alice, la primogenita, ha vinto i regionali di judo il mese scorso.

Tanto ormai.

Oggi ne ho accompagnate due fuori, di mattina presto, c'era ancora buio, faceva sei sotto zero. Le ho portate alla fermata del pulmino per la scuola mentre Ginevra mi spiegava che la mia Opel era tutta ghiacciata, che non dovevo lasciarla fuori da sola senza una coperta. Avrei voluto dirle: «La mia macchina ha ventun anni, tanto ormai», invece ho sorriso in silenzio davanti alla sua ramanzina. Il pulmino giallo è passato, sono risalito in casa, ho bevuto il caffè, Paola nel frattempo ha vestito e pettinato Melania e quand'era pronta sono uscito per accompagnarla alla scuola materna in auto. Oggi a scuola c'era una maestra nuova, o quantomeno una che io non avevo mai visto. Melania era diffidente, non voleva lasciarmi andare via, continuava ad aggrapparsi alle mie gambe, voleva essere presa in braccio. L'ho tirata su e l'ho coccolata per un po', ma non è servito, teneva gli occhi chiusi contro il mio collo stringendo sempre piú forte. A un certo punto la maestra nuova le ha allungato le braccia, si è avvicinata piano, da dietro le mie spalle, Melania l'ha vista con un occhio solo, la maestra le ha detto: – Vuoi venire qui? – e lo ha detto in una maniera cosí bella che Melania è passata dal mio abbraccio al suo in una sorta di naturale continuità, come scendendo da uno scivolo invisibile. Le ho dato un bacino sulla fronte, le ho chiesto cosa volesse per cena ma non mi ha risposto, affondava nell'abbraccio della maestra, quasi fosse sempre stata lí, per un momento ho provato una sottile gelosia e il desiderio di riaverla indietro. Ho salutato, sono sceso ad appendere gli asciugamani puliti e a consegnare il materasso lavato del lettino, sono uscito nell'aria fredda delle nove, in fondo al viottolo una mamma bionda mi ha aperto il cancello della scuola. Aveva in braccio un bambino piú piccolo della mia, stava seduto sul suo avambraccio come fosse una poltrona. L'ho lasciata passare per prima, lei mi ha sorriso appena, i nostri «ciao» si sono condensati in due nuvolette di fumo.

Mentre tornavo alla macchina ho pensato che in fondo la cosa che piú ci manca quando diventiamo adulti è quella sensazione di accoglienza priva di scopo, sostituita dalla consapevolezza di essere gettati in un mondo in cui non c'è piú nessuno a prenderci. Forse per questo siamo talmente affamati d'amore, le persone si cascano addosso, va a finire che molte relazioni falliscono. Perché come bambini fondiamo l'amore sul bisogno, invece che fondare il bisogno sull'amore. Perché sogniamo di esser presi, anziché accettare il rischio di cadere. Perché il prezzo che paghiamo per volerci sentire al sicuro è quello di considerare l'amore un approdo, e quasi mai una partenza.

Perché, col passare degli anni, lasciamo l'amore a ghiacciarsi fuori, che tanto ormai.

Su Facebook non leggono mica Carver.

– E sai perché vivi male?
– No.
– Perché sei un coglione.
– Ah.
– Essí. Sprechi un sacco di energie per niente, ti perdi le cose.
– Addirittura.
– E certo. Prendi per esempio la settimana scorsa, in quel tuo buco di appartamento di merda, quando hai fatto le cotolette. E batti la carne, e prepara l'intruglio, e gratta 'sto cazzo di pane, e impana la prima volta, poi la seconda. E io lí sul divano in bellezza che fumavo. Fissavo la tua birra sul tavolo che diventava calda e senza schiuma e pensavo: «Ma che coglione».
– Ma scusa, perché? Erano buone le cotolette o no?
– Lo vedi che non capisci? E comprati una cotoletta Aia, cazzo. O dello Zio Carlo al discount. Ne compri quattro per sei euro e facciamo serata tranquilli e ti siedi sul divano pure tu. Tanto, dopo la seconda doppio malto, te la senti la differenza tra una cotoletta e l'altra?
– Be', oddio, a livello di sapore…
– Oppure quella volta là, quella di Lia. Tu non hai ancora capito che per rimorchiare devi sparare nel-mu-cchio. I tempi di «quella che mi piace gné gné» sono finiti, essú.
– Ma, scusa, se a me piace una…

– Ma che una! Nel mucchio, ho detto! A quel punto diventa solo una questione statistica, trombi matematico.
– Sí, ma io non è che devo trombare per forza, eh.
– Che per forza! Non c'è per forza. Quando trombi, trombi. La serata acquisisce il senso definitivo. Il *senso*. Trombi, n'est-ce-pas? E poi prendi quando disegni.
– Quando disegno?
– Lo sai cosa diceva Wally Wood agli ingegneri?
– No.
– Diceva di non disegnare ciò che puoi ricopiare, non ricopiare ciò che puoi ricalcare, non ricalcare ciò che puoi ritagliare e incollare. E se lo diceva lui! Invece te lí a farti tutte le pippe sul segno, che ti deve rappresentare nel profondo, sulla *personalità* che dovrà emergere dalla composizione architettonica. Magari prima ti fai pure le matite dettagliatissime, vero? E quegli schizzetti stucchevoli ad acquerello, ci scommetto.
– Be'...
– L'architettura è un'industria, cazzo! Ricordalo. Cosa perdi tempo a inventarti una roba da capo se l'hanno già disegnata seimila volte. È come le scenografie di cartone a teatro. Se già esistono, usale! Devi pensare con la testa giusta, capisci? Oppure quando scrivi il tuo diario su Facebook.
– Ah, sbaglio pure quello?
– E certo. Ci scommetto, guarda, mi sembra di vederti mentre te ne stai lí e ti maceri, ti struggi. Mi pare di vederti, cazzo. Che ti tormenti con la *sincerità*.
– ...
– Ma vaffanculo! Tu devi fare cosí: apri un libro di, che so, Carver, dato che ti piace tanto. Gli rubi l'incipit a un racconto, no? Poi la parte centrale la prendi piú o meno da David Leavitt, magari cambi un po' le parole, solo

quel che basta. Ci metti una spruzzata di Murakami che ci sta sempre bene, con le sue frasette laterali e taglienti che colpiscono a fondo, poi ci fai la chiusa romantica che quelle ti vengono gratis, et voilà. Tanto su Facebook chi cazzo vuoi che se ne accorga? Su Facebook non leggono mica Carver.
– Scusa, eh. Però. Facendo cosí, come dici tu, al di là di tutto, dove finirebbe il divertimento?
– Divertimento?
– Eh.
– Ma allora lo vedi che sei un coglione?

Scrivono solo gli sfigati.

Sono in treno per Bologna, dove prenderò un treno per Firenze, dove prenderò un treno per Perugia. Fuori c'è una magnifica giornata di sole, mandorli in fiore scorrono veloci nella campagna ai lati dei binari, ci sono venti gradi e io sono partito con la felpa a righe e il cappotto invernale. Tre liceali sono sedute nella fila di sedili accanto alla mia, una ha i capelli annodati in due vezzosi codini sopra la testa che sembrano i cornini di Lamú, una indossa un paio di occhiali con una montatura nera enorme, la terza è di spalle e non la vedo, ma ha una voce roca, suadente, di donna vissuta, che stride con l'intonazione adolescente, oppure di qualcuno che fuma troppe sigarette. Parlano di ragazzi. Lamú dice che Michael è uno stronzo, quella con gli occhiali le dice che sí, però è gentile, la voce roca e suadente chiede se c'è un fiume a Bologna e la ragazza con gli occhiali dice: – No, – allora la voce suadente dice: – Peccato, ti ci potevi buttare dentro –.
Viene da ridere a me e al ragazzo indiano che ho seduto di

fronte. Tre sedili piú avanti c'è una mamma che allatta un bambino in silenzio, l'ho vista mentre andavo in bagno, quando la voce nell'altoparlante dice: «Siamo in arrivo alla stazione di Poggio Rusco» si alza di scatto col bambino ancora attaccato al seno, si ricompone, adagia il bimbo in una specie di cesta coi manici. A Poggio Rusco sale un ragazzo cinese, si siede accanto al ragazzo indiano, risponde al telefono, comincia a parlare con un accento bolognese da paura. Dal fondo del vagone la voce roca e suadente dice: – Grazie per ieri cosa? Ma chi cazzo sei, – la ragazza con gli occhialoni le dice: – Dài che è stato carino a scriverti, – la voce roca e suadente risponde: – Scrivono solo gli sfigati, – e io mi ritrovo a pensare che forse, in fondo, ha pure ragione. La voce roca e suadente si alza, adesso la vedo, è una ragazza coi capelli cortissimi e un piercing sopra l'occhio sinistro, dice: – Vado in bagno, – mi passa di fianco, noto che ha il telefono in mano. Torna dopo cinque minuti, si siede, la sento dire: – Madonna che pisciata, ti ho risolto il problema del fiume a Bologna, – le altre due ridono, io me la sono immaginata per tutto il tempo chiusa in bagno a scrivere di nascosto al ragazzo sfigato una cosa come: «È stato bello anche per me».

Novembre.

La prima ragazza che mi ha lasciato era novembre, c'era la nebbia, la settimana dopo compivo quindici anni.
Ci eravamo messi assieme a casa di Riccardo, durante una festa. Ci eravamo baciati appoggiati al muro della mansarda, sotto i faretti rossi e il poster di Gazebo, in sottofondo andava *Through the Barricades*. L'avevo aspettata apposta, perché volevo baciarla con quella canzone

lí. Ci eravamo baciati e poi avevamo ballato stretti, io sentivo i suoi seni piccoli schiacciati contro il mio torace e avevo paura che lei sentisse il mio cuore battere troppo forte. Dopo la festa, anche se non ce ne sarebbe stato bisogno, ma io sono sempre stato uno pedante, glielo chiesi.
– Vuoi diventare la mia ragazza?
– Sí, – disse.
Andavo a trovarla tutti i pomeriggi. Prendevo il 51 e arrivavo alla fine della salita, poi me la facevo a piedi. Lei mi aspettava alla finestra, quando mi vedeva scendeva subito senza farmi suonare il campanello. Facevamo queste passeggiate lunghissime, interminabili, in mezzo ai campi, ci fermavamo a caso e ci baciavamo e lei aveva sempre le labbra che sapevano di vaniglia. Quando mi abbracciava mi metteva le mani nelle tasche dietro dei jeans. È stata la prima persona a cui io abbia detto le parole.

Il giorno che mi lasciò mi ero tagliato i capelli corti, mi ero messo la felpa nuova, è l'unica felpa Best Company che io abbia mai avuto. Stavo per uscire quando arrivò la telefonata. Era Riccardo che mi diceva che l'aveva incontrata, lei gli aveva detto che non voleva piú stare con me. Di dirmelo. Non avevo nemmeno il suo numero di telefono, non mi era mai servito perché tanto io andavo là. Presi l'autobus e arrivai sotto casa sua, alla finestra stavolta non c'era. Suonai, non mi aprí nessuno. Andai a casa di Riccardo, che abitava poco distante, passammo il pomeriggio insieme ad ascoltare i Police. Alla sera avvisai mia mamma, che venne a prendermi con la Dyane.

– Perché non sei tornato con la corriera? – mi disse in macchina.
– L'ho persa, – dissi.

Mia mamma capí ma non disse niente, mi fece una carezza sui capelli corti, io le spostai la mano. A casa buttai la felpa, mia madre la ritrovò e la lavò, ma a novembre piove sempre, i panni non si asciugano mai, è proprio un mese scomodo, anche se ci sei nato tu.

L'esprit d'escalier.

Paola da quando la conosco, a intervalli piú o meno regolari, mi ferma e mi fa: «Adesso mi dici qualcosa di carino» e io, preso alla sprovvista, non so mai che dire, mi si vede il panico negli occhi, e pensare che con le parole ci lavoro pure, allora mi blocco, farfuglio stupidate, tipo oggi quando me lo ha chiesto mentre era in accappatoio, appena uscita dalla doccia, e io le ho detto: – Stai molto bene lavata, – e lei mi ha guardato come fossi deficiente e si è messa a ridere, e mentre la guardavo ridere mi è venuta in mente la cosa carina che avrei voluto dirle, solo che ormai era troppo tardi e sarebbe sembrata una toppa per recuperare la vaccata che avevo appena detto, e allora quella cosa carina la porterò con me fino alla prossima volta che mi chiederà di dirle qualcosa di carino, cosí ce l'avrò già pronta, solo che poi me la dimentico di sicuro, mi conosco, mi succede sempre cosí, i francesi la chiamano «l'esprit d'escalier», è quella condizione che fa sí che le battute migliori ti vengano in mente solo quando sei già sulle scale, dopo aver chiuso la porta, mentre te ne stai andando, ma pensando a quest'immagine di me stesso sulle scale mi è venuta in mente un'altra cosa carina che potrei dirle, e però questa qui mi dispiacerebbe dimenticarla e allora mi son detto cazzo, adesso la scrivo, e ho pensato che magari esiste pure una roba che si chiama «esprit dell'épistolier» o che so io, i francesi in fondo hanno nomi per tutto, e comunque chi se ne frega, ognuno è quel che è, e la cosa carina che mi è venuta in mente è piú o meno: che io le cose carine da dire magari me le dimentico pure sulle scale, mentre me ne sto andando, o perfino prima, e allora mi viene il panico nello sguardo, ma il fatto è che oggi, ogni volta che me ne vado da qualche parte, a prendere un treno, a sparire in uno scritto o in un disegno, anche solo a fare la spesa, io so che tornerò, sempre, perché quelle scale portano nell'unico posto in cui voglio stare, che poi, a pensarci bene, credo sia la sola cosa carina che conti davvero.

L'amore vola.

Continuavo a grattarmi nelle mutande.
Scoprii che avevo le piattole.
Le piattole sono tipo dei pidocchi, ma ti vengono solo lí. Lo confessai alla mia ragazza, mi disse che aveva appena scoperto di averle anche lei. Cercai su Internet: stava scritto che l'unico metodo di trasmissione possibile è attraverso rapporti sessuali, o comunque attraverso contatti diretti delle zone colpite, dato che le piattole non saltano, si passano solo per sfregamento. Io non ero andato con nessun'altra, la mia ragazza era appena tornata da una vacanza in Sudamerica. Mi giurò che figurati, non dirlo neppure per scherzo, ti pare?! Te, piuttosto!
Io ero innamorato e le credetti. Le credo ancora oggi, lei non so.

In quel periodo facevo rilievi per la Provincia, andavo fuori in auto con una neolaureata in Architettura come me a scattare foto e a prendere misure, servivano per l'aggiornamento del piano regolatore. Le raccontai la cosa, le dissi che con la mia ragazza ci eravamo rimpallati piú o meno scherzosamente l'accusa a vicenda.
– Ma va'! Le piattole mica si prendono per forza facendo sesso! – mi disse.
– Sei sicura?
– Certo!
– E come fai a saperlo, scusa?
– Due anni fa le ha avute pure mio padre, perciò.
– Guarda, perdona, senza offesa, ma non mi sembra che il fatto che le abbia avute anche tuo padre possa essere una garanzia, eh.
– In che senso?
– Come in che senso?
– Non capisco cosa vuoi dire.
– Voglio dire, scusami, io non sto ipotizzando niente, sia chiaro, ma non credi che magari sia possibile che pure tuo padre le abbia contratte... insomma... attraverso, no?
– Aspetta. Stai insinuando che mio padre abbia tradito mia madre?
– No no, non mi permetterei mai! Anche perché non si potrebbe comunque stabilire con assoluta certezza... chi dei due...
– Cosa vuoi dire?
– No no, niente!
– Oddio, intendi che mia madre...
– Comunque leggevo che ci sono anche dei tipi di piattole che volano, eh!
– Ma vedi? Lo dicevo io!

La parte migliore.

Ero al ristorante cinese con un amico, discutevamo di come fossimo stati entrambi maniaci della pulizia e dell'ordine. Ti ricordi quando prima di far venire una a casa passavamo l'aspirapolvere tre volte, e poi le candele profumate e le camicie stirate, e quando andavamo a prendere le nostre ragazze il sabato lavavamo la macchina, ed eravamo di quelli che, per dire, bella la natura e viva gli animali ma un cane sul nostro letto, mai. Pensa se ci fossimo visti oggi, che viviamo amori casinari che ci hanno stravolti, sono arrivati i figli, entrambi abbiamo cani e giardini un tempo rigogliosi che sono adesso tutto un fiorire di buche. Ci dicevamo, con l'amico, chissà da cosa ci derivava questa necessità di essere sempre a posto, la sensazione di avere tutto sotto controllo, per chi lo facevamo? Per noi o per il timore di essere giudicati dagli altri? Per paura che lasciare semplicemente le cose come stanno significasse arrendersi al caos dell'universo? Lui mi diceva: guarda, capita che il mio cane la faccia in casa, roba che un tempo avrei gridato all'oltraggio e mi sarei infilato i guanti di ghisa per raccoglierla, io gli dicevo: ho tre figlie e tre cani, perciò figurati la quantità di merda che posso aver visto in vita mia. Abbiamo concluso che sono state le persone giuste, l'opportunità che ci hanno offerto di vederle e vederci, a farci capire che la vita è proprio quella roba che si infila tra le pieghe dei minuti come briciole fra le lenzuola, e l'unico ordine che richiede è di lasciar spazio a quel che arriva e all'amore che vedi. Jacques Prévert in una nota poesia diceva lascia entrare il cane ricoperto di fango, perché il fango del cane lo puoi lavare, anche le impronte sul pavimento, la parte di te che ti dice di tenerlo fuori dalla porta invece è molto piú difficile da togliere, e alla lunga non la togli piú. È come quando sei in vacanza al mare, i primi giorni sgridi i bambini che entrano coi piedi sporchi di sabbia ed è tutto uno spazzare e uno scrollare asciugamani, al quarto giorno invece ti dici 'fanculo, spazzo tutto alla fine, i loro sorrisi sono piú importanti di un po' di sabbia nelle mutande o delle orme lasciate sul pavimento. Ti accorgi che l'unica sabbia che conta è quella che scorre nella clessidra dei giorni, le orme piú belle quelle che testimoniano la strada fino a qui, il cammino insieme a chi abbiamo scelto, perciò viva i giardini vissuti, la merda che contiene piú verità di molto altro, i cani che ti saltano in braccio sporchi di terra o che si sdraiano al sole, per tutto il resto ci sarà tempo di sicuro e quando non ci sarà: pace, avremo pavimenti meno impeccabili e maglioni pieni di peli e forse inciamperemo ogni tanto nelle buche, ma sapremo comunque di non aver rinunciato alla parte migliore di quello che c'è.

Una buona notte.

Una sera ero a Bari, avevo appena finito una presentazione, ero molto stanco, davvero tanto, il giorno prima cadendo mi ero rotto un dito del piede che a forza di camminarci sopra mi faceva parecchio male, sono arrivato dopo undici ore di treno fra ritardi e tutto, quando sono entrato in hotel la sera tardissimo volevo solo mangiare un boccone al volo e morire a letto. Stavo per uscire per andare al Mac lí davanti quando il portiere mi ha detto: – Se vuole abbiamo il nostro ristorante –. Ci ho pensato un attimo, nell'hotel non c'era nessuno, mi sono detto Sai cosa? Sono esausto, sto in piedi da stamattina alle cinque, per una sera faccio il signore e vaffanculo. Sono entrato in una saletta piccolissima, molto anni Ottanta, pochi tavoli con sedute stile *diner* americano in pelle rossa e logora, in alto una vecchia televisione sintonizzata male su Canale 5. Mi sono accomodato, ero solo io, la forchetta aveva un'incrostazione verdognola su una delle punte e il bicchiere evidenti tracce di rossetto in trasparenza. Ecco, ho pensato, adesso vedrai che ti pelano per mangiare in un posto di merda, soltanto perché è il ristorante dell'hotel quattro stelle. È arrivato un vecchio cuoco-cameriere dall'aria stanca, obeso e calvo, con un grembiule bordeaux macchiato, mi dava del lei. Mi ha chiesto Signore, che desidera mangiare, ho chiesto Cosa c'è. Mi ha detto Ci sono le orecchiette pomodoro e cacio e il capocollo. Poi?, ho chiesto. Quello, mi ha detto. Ho ordinato il capocollo di antipasto e le orecchiette di primo. È sparito dietro una porta con un oblò, prima mi ha portato una bottiglia di vino che non avevo ordinato, non ho detto niente. Mentre bevevo questo bianco pugliese tostissimo lo sentivo armeggiare dietro la porta con l'oblò, *sclang* e *scataclang*, pronto al peggio. È uscito quando avevo già bevuto due bicchieri, mi ha portato un piatto colmo di capocollo di Martina Franca tagliato al coltello e un piattino a parte con delle fette di pane pugliese caldo irrorato di olio e sale, poi è sparito. Io ho cominciato a mangiare questo capocollo e già alla prima fetta mi veniva da piangere da quanto era buono, e il pane caldo e il vino, dopo un altro quarto d'ora, quando mi mancavano due fettine per finire, è arrivato con le orecchiette. Di aspetto erano orribili, le ho assaggiate e mi sono commosso di nuovo, consistenza perfetta, sughetto tipo della nonna a cottura lenta, il formaggio sopra era caciocavallo. Mi ha chiesto Vuole del piccante? Ho detto Sí. Mi ha portato un vasetto tipo quelli dei cetriolini sottaceto che dentro aveva le ère geologiche e fuori era unto e pieno di ditate, me l'ha svitato lui, mi ha porto un cucchiaio e mi ha detto Stia attento. Ne ho messo una punta ed era magma. Ho mangiato tutto e ho fatto pure la scarpetta, alla fine mi ha portato il conto. Ho speso dodici euro, mi è venuto da ridere. Sono uscito a fumare una sigaretta nel vicolo dietro, me la sono accesa, ho respirato forte, ho visto un gruppo di ragazzotti enormi venire a grandi passi verso di me, sulle prime ho avuto quasi paura, ho pensato Sono pure zoppo, se hanno cattive intenzioni non posso manco scappare. Uno mi ha chiesto una sigaretta, gliel'ho data, ho chiesto se aveva da accendere, mi ha detto Oggi Senegal ha vinto due a zero con Zimbabwe!, l'ho guardato ed era davvero felice, mentre estraeva la sigaretta dal mio pacchetto nuovo aveva le mani cosí vissute per essere cosí giovane, ho pensato Ma poi te cosa cazzo fumi, non avevi smesso?, gli ho regalato tutto il pacchetto e ho urlato Viva Senegal! con gli occhi lucidi per il vino, o forse non era il vino, lui non se l'aspettava, mi si è buttato addosso come un orso ubriaco e mi ha abbracciato prima che potessi fare niente, molto forte, il suo torace sapeva un odore misto di asfalto bagnato e fieno, gli ho dato anche l'accendino che avevo comprato in stazione, ci siamo salutati, sono rientrato in albergo, c'era il vecchio cuoco-cameriere, gli ho detto Buonanotte, mi ha detto Buonanotte, ha detto Buonanotte anche il portiere, era una buona notte per tutti.

Paninaro.

Nella primavera del 1986 mia sorella decise di farmi diventare paninaro.

Credo la irritasse il fatto di avere un fratello disadattato, completamente non alla moda, che girava ancora coi risvoltoni alti quindici centimetri sui jeans senza orlo di marca ignota. Diventare paninaro comportava: i calzini a quadri, i risvoltini piccoli, tonnellate di gel in testa e la felpa con le scritte. Questo, solo per cominciare. Poi dovevo dire «cioè», «non me ne sdruma un drígo», «le squinzie» e tutto il repertorio. Girare in due sulla Zündapp Gtx o sul Tuareg 50 insieme al Costa.

Dopo la cura, ero oggettivamente piú bellino e questo va detto. Però non ero io. Fu cosí che la fase panozza durò all'incirca tre settimane. I risvolti tornarono prima alti per poi sparire del tutto nell'unica «alzata» che ebbi in vita, quella tra i quindici e i sedici anni, durante la quale tutti i jeans comprati da mia madre di due taglie piú grandi «che non si sa mai» diventarono improvvisamente lunghi giusti. Ricominciai a girare sulla mia Vespa grigia col parafango ammaccato, i capelli liberi e lunghi – si andava, ai tempi, ancora senza casco – indossando i maglioni a rombi di mia nonna e cantando la sigla di *Hurricane Polimar* in giapponese (secondo me). Poi conobbi una ragazza darkettona ed ebbi un mesetto di lato oscuro. Ci fu il periodo delle camicie a quadri da boscaiolo fuori dai pantaloni e quello delle t-shirt enormi con le scarpe senza lacci. Infine, una volta uscito dalla zavorra del liceo, fui libero da tutto e cominciai a frequentare le amiche di mia sorella prendendomi tante piccole rivincite. Il fatto fu che d'un colpo, negli anni del primo grunge, essere «diverso» e vestirsi a cazzo era diventato alla moda senza preavviso, e io ci stavo dentro comodo come un pensionato sul divano la domenica pomeriggio durante il Gran premio.

Mia sorella ancora oggi, quando ci incrociamo a pranzo dai miei, mi osserva con lo stesso rimpianto con il quale

il dottor Frankenstein guardava la sua Creatura. Quando ci baciamo sulla guancia per salutarci e mi accarezza la faccia, mi aspetto sempre che la sua mano devii improvvisa in testa piazzandomi una palata di gel sui tre capelli rimasti.
 Tutte le volte mi sposto d'istinto e lei pensa che a quarantasei anni sono ancora lo stesso scontroso introverso senza speranza.

Vita.

 Con Chiara le cose non erano mai facili.
 Fin dall'inizio, era come se ci amassimo in due lingue differenti. La situazione sarebbe stata quasi divertente, se non fosse stata tanto faticosa.
 Avevamo sempre voglia di fare robe diverse: io mi svegliavo all'alba, lei non rinveniva mai prima di mezzogiorno. Io volevo andare al cinema, lei voleva stare a casa. A me veniva voglia di scampi alla busara e a lei di pizza. Cose cosí.
 All'inizio era bello perché ognuno dei due, a turno, si ritrovava a scoprire posti o a sperimentare situazioni che altrimenti, da solo, non avrebbe vissuto mai.
 Con Chiara si faceva sesso dappertutto, era come una specie di bulimia. Era strano perché non ci veniva mai voglia insieme, era sempre come se uno dei due dovesse convincere l'altro. Conquistarlo, sedurlo, costringerlo a fidarsi. Non era nemmeno sesso, in realtà. Era come una specie di gioco, annusarsi, avvicinarsi, ritrarsi all'improvviso, prendersi con violenza e dolcezza insieme. Come ballare un tango.
 Ecco, se devo pensare a una parola che riassuma tutto

il contrario della nostra storia ce n'è una sola che mi viene in mente: sincronia.

Non eravamo sincronici, quasi mai. Eravamo due onde con frequenze e lunghezze differenti. Ogni tanto ci si incrociava per puro caso, o fortuna, ma durava solo un attimo. Sempre, comunque, troppo poco. Ogni volta, dopo che si era condiviso qualcosa, era un riscoprirsi di nuovo orfani, come se ognuno dei due venisse richiamato dentro la tana accogliente della propria *solitarietà*.

Chiara una volta mi disse: – Sono stata sola tutta la vita prima di incontrare te.

Me lo ricordo ancora benissimo. Eravamo stesi sul parquet, completamente nudi, le gocce di sudore avevano formato sotto di noi una piccola pozzanghera. Avevamo tenuto chiusa la finestra perché a Chiara piaceva farlo al caldo, anche ad agosto, farlo come fossimo in una sauna o dentro una miniera. Lei se ne uscí all'improvviso con quella frase. La disse guardando il soffitto, non guardando me. Sembrava osservasse una macchia di umidità, la disse col tono di una che dice «stasera per cena cavolo bollito» o qualcosa del genere.

Ricordo che io pensai, invece: *Non mi sono mai sentito cosí solo come da quando sto con te*, e la strinsi forte, quasi sentendomi in colpa.

Stare con Chiara, vivere con Chiara, respirare Chiara, era una specie di nostalgia.

Avevo nostalgia di lei, mi mancava da togliere il fiato, eppure era lí, anche in quel momento, sdraiata di fianco a me a condividere lo stesso identico sudore che ci bagnava la schiena.

Poi mi salí sopra, mi tolse i capelli dalla faccia con entrambe le mani, con un gesto quasi maschile. Mi guardò fisso e mi disse: – Mi ami?

– Sí, purtroppo per me.
– Non mentirmi mai, promettimelo.
– Te lo prometto, – mentii.

Calamaaali!

Sono in cucina a farmi un caffè e un toast, suona il telefono, il numero è sconosciuto.
– Pronto?
– Pronto, buongiorno, avrebbe pochi minuti per rispondere a un sondaggio?
– Pochi minuti quanti?
– Diciamo due o tre?
– Okay, vada.
– Grazie. La avviso che la telefonata sarà interamente registrata in modo da garantire la...
– Sí sí, lo so, vada.
– Ah, okay. Allora, dunque, lei viaggia in treno?
– Be', sí. Diciamo che mi capita di prendere qualche treno ogni tanto.
– Quanti treni prende in un mese?
– Guardi, di preciso non saprei.
– Piú di uno, piú di dieci, nessuno?
– Dunque, mi faccia pensare. Direi... una settantina?
– Una set...?
– ... tantina.
– È una battuta?
– No, perché?
– Cioè, lei prende SETTANTA treni in un mese?
– Sí, piú o meno. Ma è una stima, eh. A luglio saranno stati un centinaio.
– Scusi, lei lavora sui treni?
– In che senso?

– È tipo un macchinista, o un controllore, o che ne so?
– No no, ci viaggio e basta.
– Allora è un pendolare? C'è una tratta che predilige?
– No.
– No?
– No. Faccio tratte sempre diverse. Tipo la settimana scorsa ho fatto l'Adriatica e sono andato a Bari, stasera prenderò un regionale per Brescia, l'altro ieri ne ho preso uno per Arezzo. A proposito, è molto bella Arezzo, sa?
– Immagino. Quindi lei è un libero professionista?
– Sí, penso si possa dire cosí.
– Posso chiederle che lavoro fa?
– Sa che è una bella domanda? Direi che... racconto storie, credo.
– Mi scusi?
– Racconto storie. Certe volte coi disegni, certe volte con le parole. Qualche volta anche al telefono.
– Come, al telefono?
– Be', un po' come adesso, no? Questa non è forse una storia?
– Non saprei. Lo è?
– Ma certo. Vuole sapere come comincia?
– Non ne sono sicura.
– Allora, c'era un tizio che era in cucina a farsi un caffè e un toast, dopo una nottata passata con una bambina di tre anni distesa sullo sterno che gli ha tossito in faccia i-nin-ter-rot-ta-men-te per otto ore. Quando la bambina è rotolata addosso alla mamma, dopo aver fatto uscire le due figlie maggiori per prendere il pulmino per la scuola, il tizio si è detto: Aaah, adesso mi preparo un bel caffè e un toast e mi metto qui sul divano per qualche minuto a guardare la puntata di *Ciao, sono Hiro* quella su l'insalàda di fruto di passsione e calamaaali cludi e sul piú bello che

il caffè sta salendo nella moka e Hiro ha cominciato ad affettare i calamaaali, ecco che il telefono squilla. Il numero è sconosciuto, ma il tizio risponde lo stesso. È una signorina che gli chiede se ha due minuti per rispondere a un sondaggio, facciamo tre, e lui dice di sí anche se sa già in partenza che saranno almeno dieci e gli toccherà bere il caffè freddo e mangiare il toast bruciato.
– Lei è molto buffo, sa?
– Dice?
– Sí, soprattutto quando dice: calamaaali. Lí fa proprio ridere. Me lo dice ancora?
– Calamaaali!
– Ahahaha.
– Lei ha una bellissima risata, sa?
– Grazie.
– Non sto facendo il lumacone per cercare di irretirla, eh? Non fraintenda.
– No, non si preoccupi. E poi, per telefono come farebbe a irretirmi?
– Non mi sottovaluti, volendo ho una tecnica infallibile.
– E quale sarebbe?
– Calamaaali!
– Ahahaha.
– Uh, madonna!
– Che succede?
– Niente, mi si è appena bruciato il toast.
– Ah, mi dispiace. Allora vuol dire che siamo arrivati alla fine della sua storia.
– Mannò, non può essere cosí banale, facciamo un finale a sorpresa, dài.
– Tipo?
– Tipo che le faccio il vento al telefono, mi viene benissimo.

– Veramente, non so se...
– WHOOOSSSSHHHHSSSHHHHH!
– Cioè, ma fa impressione!
– Visto? È la mia specialità.
– E la storia finisce cosí?
– No no, finisce con lei che riappende all'improvviso, però ridendo.
– All'improvviso, e perché mai?
– Perché si ricorda d'un tratto che la telefonata è registrata.
– Oddio!
– Calamaaali!
– Ahahaha.
Riappende.
Sorseggio il caffè freddo sul divano e addento il mio toast bruciato.
Hiro ha cominciato a spiegare il tonno impanato con pistaccchio e purè di avocaaado.

Tradire e tradirsi.

Una cosa che ho impiegato anni a capire è che la vita, se la ascolti bene bene e al netto delle tempeste, alla fine ti porta sempre sulla tua isola, precisamente nel luogo in cui devi trovarti. La scelta che hai a quel punto è se restarci e costruire una capanna con i tronchi, oppure usarli per fare una zattera su cui ti imbarcherai alla ricerca di un'altra costa. Che non è detto troverai, perché magari la tua isola è proprio il mare.

La decisione si riduce infine sempre a questo: piantare un orto o interpretare il vento, essere bravi contadini oppure buoni marinai.

Io ho scelto la terra pur avendo una bussola nel nome, perché questa è la mia idea di libertà. Non abituarti ad essere quel che gli altri si aspettano da te, ma tradire tutto, certe volte anche te stesso, per diventare quel che sei davvero. Capita che le persone che ti amano, quella roba lí, la vedano addirittura prima di te, e quelle sono le persone che ti amano sul serio. Altre volte invece l'amore di certe persone ti schiaccia, facendoti capire che ti ameranno solo se resterai perennemente il tuo principio, e chi lo ha provato sa bene quanto male faccia guardare negli occhi qualcuno che vede il tuo cambiamento come un'infedeltà, o non lo considera abbastanza, o gli piacevi di piú prima.

Ecco, in quei casi il problema non è che gli piacevi di piú prima, è che non ti hanno amato mai.

La domanda.

«Cos'hai?» è la domanda che mi sono sentito rivolgere piú spesso in vita mia.

Io sognavo una ragazza che mi chiedesse invece: «Cosa ti manca?» Cosí avrei potuto risponderle: «Tu».

La cera delle candele (In memoria di Severino Cesari).

Certi giorni sono come la cera fusa delle candele quando ti cola sulle mani.

Non fa male veramente, lascia solo quella sensazione di calore sulla pelle che comincia con una vampata piú forte, quasi dolorosa, ma passa subito. Poi resta la crosta secca della cera da grattar via dalle dita, che se trovi il punto giusto si stacca tutta assieme.

Anche se non fa male veramente, ti fa paura lo stesso, perché il primo contatto è comunque con una sostanza incandescente e per quanto la memoria empirica sappia che non è grave, che non succede niente, la memoria ancestrale di fronte a una fiamma ti mette comunque ogni volta in allarme.
Certi giorni son cosí. Sai che non sta accadendo nulla di irreparabile, che sono solo impicci, sai che te la caverai anche stavolta perché lo fai sempre e che riuscirai a trovare il punto giusto e staccherai la cera tutta assieme.
Ma qualcosa dentro, nonostante tutto, non ci sta.
«Leva il dito, – ti dice. – Toglilo».
Tu invece lo lasci lí. Un po' perché pensi di meritartelo, un po' per dimostrarti che non hai paura.
Un po' perché sai che stare accanto a quella fiamma è l'unico modo in cui riesci a vivere.

Il migliore di tutti.

In stazione a Verona la sala d'attesa non c'è.
Non c'è quasi piú da nessuna parte, ormai. Al mattino presto fa molto freddo e gli studenti che aspettano i treni riparano in Feltrinelli, al primo piano. Molti stanno seduti in terra a parlare, appoggiandosi agli zaini gonfi per la scuola che usano come schienali, alcuni sfogliano libri, altri fumetti, altri ancora sono attaccati agli smartphone o ascoltano canzoni negli auricolari. Io li guardo da dietro la mia copia di *Infinite Jest*, con la quale ci studiamo da mesi, ogni volta che capito in Feltrinelli la prelevo dallo scaffale, ogni volta giungo alla conclusione che sia troppo pesante da portarsi dietro per il viaggio, ma lei sa che prima o poi mi avrà. Li sbircio e penso che mi piace tanto l'idea

della libreria come riparo, anche solo temporaneo, mi dico che se dovessi pensare a una funzione sociale per le librerie, oggi, sarebbe proprio questa: di rifugio. A un certo punto, una ragazza con delle lenti spesse che le fanno lo sguardo piú grande mi passa davanti, a un paio di metri circa, avrà diciassette o diciotto anni, ha in mano una copia del mio libro. La cosa mi fa un certo effetto. È accaduto centinaia di volte alle presentazioni, un paio sui treni, ma è la prima volta che mi capita in una libreria, in maniera inattesa. La vedo avvicinarsi a un'amica col poncho, ha il libro aperto, le indica una pagina, l'amica col poncho legge e dopo mezzo minuto scoppiano a ridere insieme. Sono due risate cosí belle. Penso che il diciassettenne introverso che sono stato avrebbe dato un dito della mano sinistra per riuscire a suscitare in una ragazza una risata come quella. La ragazza con le lenti spesse chiude il libro, fissa la copertina per pochi secondi, va a rimetterlo al suo posto. Penso Che peccato che non lo abbia comprato. Poi mi vedo riflesso nella vetrina, con in mano la copia di *Infinite Jest* con la quale ci studiamo da mesi, mi viene da ridere, d'un tratto penso che vada proprio bene cosí. Chiudo il libro, lo ripongo sullo scaffale, mi dico La prossima volta, scendo le scale della libreria ed esco fuori al freddo. Appena girato l'angolo ci sono un ragazzo e una ragazza in piedi, abbracciati davanti a una colonna, lui è molto piú alto di lei, sono cosí stretti che sembrano uno. Si dànno dei baci lunghissimi. La ragazza è sollevata sulle punte, lui ha le mani nelle tasche del cappottino di lei, lei in quelle del giubbino di lui. Gli passo di fianco, non riesco a smettere di guardarli, li supero, verso la fine del corridoio mi guardo indietro un'ultima volta, sono ancora là, mi sa che loro il freddo non lo sentono mica, sono lontanissimi da qui, irraggiungibili, il loro rifugio è il migliore di tutti.

Ricordo di una notte di mezza estate.

La serata inizia rigorosamente sul terrazzo, con un vinello bianco ghiacciato – che Giu si era scordato di comprare le birre e io non gliel'ho perdonata –, olive salatissime e un paio di sigarette rollate col Golden Virginia a stuzzicare l'appetito.

Sotto di me, si apre uno skyline quasi newyorkese – Giu e Gi abitano in una zona della città che ricorda certe scenografie di *Starsky e Hutch*. Di fronte a me, la Fra.

La Fra è una ragazza molto carina, sempre curatissima, elegante e truccata come le foto sui giornali. La Fra è figlia di uno dei piú noti commercianti in città, è la migliore amica della Gi.

La Fra, da che la conosco, ha fissa in fronte una sorta di scritta lampeggiante. La scritta recita, all'incirca: «Non vedi che te la sto tirando con la fionda?»

La Fra però è una persona autentica, va detto. È una ragazza che vive solo in superficie e di superfici, ma è cosí *sul serio*. Non finge, non si atteggia, è genuinamente ruspante. E ingenua.

La Fra, a trentanove anni, crede ancora nel principe azzurro. Non essendoci tanti azzurri in giro, nel frattempo si passa principi di tutti i colori e pure qualche scudiero. Senza prendere troppe precauzioni.

Era soltanto questione di tempo.

Ora la Fra attende un figlio dal Principe dei Nani, che di azzurro ha giusto la camicia di Ralph Lauren che indossa, forse. Il Principe dei Nani, appresa la ferale notizia, fa il vago. Prima non parla, poi non parla e infine non parla. La Fra gli chiede che cosa vogliono fare, il plurale non è casuale. La Fra infatti non si chiede cosa vuole fare lei, e non ti chiede cosa vuoi fare tu. La Fra da che mondo è mondo ti chiede cosa volete fare, perché il sottotesto è «sollevami da questo peso e decidi tu anche per me». Il Principe dei Nani però non è abituato a decidere. Che i nani sono un popolo anarchico e tendenzialmente si fanno i cazzi loro. Il Principe dei Nani si dilegua nel nulla, salvo farsi venire qualche crisi mistica telefonica notturna quando è sbronzo marcio e la chiama in lacrime per commuoversi da solo e farle vedere che in realtà è un ragazzo sensibile.

La Fra non sa cosa fare. Prima pensa che non lo vuole tenere. Però poi cambia idea. Però poi parla con le amiche e cambia idea ancora.

Il Principe dei Nani, chiuso nel suo silenzio da Peter Pan, in realtà spera.

Spera che la Fra faccia sé stessa anche stavolta. Che viva ancora in superficie e di superfici, che voglia continuare a fare notti brave ancora a lungo e che intenda tenere accesa la sua insegna per molti principi a venire. Spera che l'estate che si sta aprendo le ricordi che c'è tutta vita, là fuori, ad attenderla.

Il Principe dei Nani sogna che la Fra lo renda di nuovo libero, ma non ha il coraggio di dirlo a voce alta perché altrimenti gli va in culo l'immagine di ragazzo sensibile. E poi qualcuno per il resto dei giorni potrebbe rinfacciargli che è stata tutta colpa sua. Ci vorrebbero spalle larghe, per questo. Insomma, non son cose da nano.

La Fra, a un certo punto e inaspettatamente, prende la sua decisione. La scritta lampeggiante prima si affievolisce e poi si spegne, il Principe dei Nani esce di scena e cambia favola.

La Fra rimane sempre la Fra ma ha preso, forse, la prima decisione autentica della sua vita.

Oggi la sua decisione ha otto anni e capelli lunghi corvini. Va a scuola tutte le mattine con un panino al prosciutto avvolto in un foglio di alluminio e un succo alla pera, che la Fra gli infila amorevole nel tascone dello zaino. Ha occhi azzurri da elfo che ha preso dalla madre e adora disegnare. Non va tanto forte in Matematica.

La Fra lo sta educando a essere un Principe e non un Nano.

Secondo me ci riesce.

La resistenza del maschio.

– Papà, ma perché i maschi sono tutti cosí stupidi?
– Ma non sono stupidi, Virginia, è che fanno gli stupidi con le femmine.
– E perché?
– Be'. Forse per paura di sentirsi stupidi.
– Ma cosí SEMBRANO stupidi.
– Lo so.
– Ma non potreste essere solo come siete?

È tutta la vita che sogno una donna che mi dica una frase come questa.

E ora quella donna è mia figlia.

Karma maledetto.

Sbagliare numero.

C'è una signora che sbaglia numero di telefono da quindici anni.

Da quindici anni mi chiama a intervalli regolari, piú o meno ogni sei mesi, lo faceva anche quando eravamo nella casa vecchia. Anche quando abitavo per conto mio, che il numero è sempre lo stesso da allora. Di solito chiama verso le 7.30 del mattino. Io rispondo di fretta, che a quell'ora sto vestendo le bambine per la scuola coi minuti contati, oppure sto smazzando succhini alla pesca e biberon, quando vivevo da solo era l'ora in cui mi preparavo per andare in ufficio. Dall'altro capo del filo, una voce di donna anziana chiede: «Lucia?»

Io spiego con gentilezza, ogni volta, che Lucia non c'è e che la signora ha sbagliato numero. La signora, prima di scusarsi, ha sempre circa tre secondi di indecisione. In quegli attimi, percepisco distintamente che in qualche modo sta pensando che devo essere un imbroglione, che sono a casa della Lucia e le sto nascondendo qualcosa. Capita che richiami ancora. In quel caso, non appena sente la mia voce, riappende.

La signora ha chiamato pure stamattina, non la sentivo da questa primavera, ma ho riconosciuto subito la voce. Stavolta non ha chiesto di Lucia.

– Antonio? – ha detto, prendendomi in contropiede.

– Ssí? – ho detto, non so neanch'io perché.

– Auguri di buone feste! – ha detto la signora, – a te e alla Lucia!

– Grazie, anche a te, – ho detto di riflesso.

Stavo per dirle che Antonio non sono io, ma ha riappeso senza nemmeno salutare. Fa sempre cosí anche mio padre, ho pensato, quando ha finito lui di dire quel che deve chiude la telefonata senza alcun fronzolo.

Mi sono sentito subito in colpa per aver rubato gli auguri a qualcuno, forse addirittura a suo figlio o sua figlia, che magari abitano lontani, non so. Ho provato a chiamare il numero per tre volte, ma la signora non rispondeva e non sapevo come fare.

Ha richiamato lei cinque minuti fa.
– Lucia? – ha detto.
– No, signora, qui parla Bussola, – ho detto. – Ero io pure prima, solo che di mattina presto sono rintronato e ho risposto senza pensare, mi scusi.
C'è stato un silenzio di qualche secondo.
– Auguri di buone feste, – ha detto la signora.
– Ah, grazie, anche a lei, – ho detto.
Poi ha riappeso, senza nemmeno salutare.
Per un attimo ho provato una strana sensazione di familiarità, forse perché lo fa sempre anche mio padre, ho pensato. Poi ho capito che invece non era quello.
È che io sapevo che la signora fa cosí anche con Antonio e la Lucia. Oltre a loro, lo so soltanto io. E oggi, per un attimo, solo per sbaglio, sono stato prima l'uno e poi l'altra. Forse sono stato suo figlio o sua figlia, e la signora è stata mia mamma e ci stavamo facendo gli auguri.
D'un tratto, i quindici anni a sbagliare numero mi sono sembrati una specie di rincorsa solo per arrivare a questo.

Taac, ricco.

Paola, all'apice di una giornata difficile, mi ha guardato e mi ha detto: – Dobbiamo diventare ricchi, – e io le ho detto: – Va bene, – e lei mi ha detto: – Diventi ricco tu, per piacere? – e io le ho detto: – Non c'è problema, – e lei allora mi ha detto: – Sono dieci anni che me lo dici.
E, in effetti, è vero.
Ma su 'sta cosa del diventare ricchi sono sereno. Cioè, so bene che, il giorno che vorrò diventare ricco, lo diventerò. Il punto è che non so se voglio davvero, infatti sono dieci anni che m'interrogo su questo, perché lo so

che se poi diventassi ricco non farei piú un cazzo. Che la motivazione economica, il dovermi guadagnare faticosamente la pagnotta, nella struttura delle mie giornate e dei miei obiettivi, è una roba fondamentale. Fa brutto dirlo? È cosí.

Anche per questo, quando penso a diventare ricco, penso che non mi piacerebbe essere ricco ricco, ma solo tipo: benestante. Che poi in realtà neanche. Mi piacerebbe solo averne abbastanza per arrivare alla fine di ogni mese senza il collo tirato e il fiatone e magari avanzandone quel che serve per sistemare la casa (arredarla come si deve, cambiare i serramenti e le porte che non si chiudono, rifare il tetto che non ci piova piú dentro, fare un cappottino esterno, rifare i balconi eccetera) e soprattutto poter fondare una casa editrice anche piccola per far lavorare i giovani disegnatori che mi piacciono e che inspiegabilmente – per me – l'editoria italiana lascia a spasso.

Comunque, dicevo, sulla cosa del diventar ricco io sono piuttosto tranquillo. Perché per diventare ricco ho diversi piani, e devo solo scegliere il momento. Sul serio, sono pieno di idee, e so che quando mi deciderò basterà solo andare a presentare le mie idee alle persone giuste e: *taac*, ricco.

Lo so, sembra che la faccio facile. Che poi, direte voi, si fa presto a dire idee.

Ora, il fatto è che io potrei fare un esempio, ma se lo facessi correrei il rischio che qualcuno mi rubasse appunto l'idea. Del resto, se non lo facessi, si potrebbe pensare che sono un fanfarone che parla a vanvera. E siccome per me la dignità e la reputazione prima di tutto, okay, faccio l'esempio. Che poi, tanto, se anche mi rubaste l'idea, io potrei dimostrare di averla scritta per primo qui. Perciò se l'azienda alla quale vi doveste rivolgere con la mia idea (rubata) la comprasse da voi, vi comprerebbe magari questa idea qui, ma poi da chi è che andrebbe per le prossime una volta scoperto che non è farina vostra? Esatto.

Perciò, ecco qui. Esempio di idea per una pubblicità milionaria.

Immaginatevi per comodità il tipico cartellone autostradale (ma potrebbe essere la quarta di copertina di un giornale, un banner su Internet, l'ultimo fotogramma di una pubblicità in tv).

Su sfondo bianco si stagliano a sinistra un'auto vecchissima, direi addirittura di fine Ottocento, di fianco un guidatore con tanto di cappello e monocolo e guanti da guida. Oppure, estremizzando al massimo, addirittura un'automobile dell'età della pietra tipo quella dei Flintstones, e appoggiato all'auto un uomo primitivo vestito con la sua pelle di leopardo e la clava. Sullo stesso sfondo bianco, a destra, immaginatevi un'auto modernissima. L'auto è l'ultimo modello della Volvo, quello che si intende pubblicizzare. Appoggiato all'auto moderna, con lo sguardo teso in avanti, un uomo vestito elegantissimo e all'ultima moda, oppure abbigliato in maniera percettibilmente futuribile. Le due auto e i due guidatori sono affiancati.

Sinistra: uomo primitivo e auto antica. Destra: uomo del futuro e Volvo nuovissima. Ci siete? Slogan sotto alle immagini:

«Io eVolvo».

Taac, ricco.

Ecco, io di queste idee geniali ne ho a mazzi, ma davvero tipo che me ne vengono una trentina al giorno. E per questo sono tranquillo riguardo alla cosa del diventare ricchi. Tra l'altro, questa idea in particolare, c'è stata una volta nel '97 che stavo per venderla sul serio. Davvero, avevo già in mente di telefonare alla Volvo perché avevo bisogno di diventare ricco per conquistare Isabel-

la. Che Isabella era una difficile e insomma, mi sono detto, meglio se mi presento già ricco, che certe donne col discorso della fiducia ci hanno dei problemi, mica sono tutte come Paola.
  Quella volta là, per sicurezza, ne parlai prima con una mia cara amica. Questa mia amica, di cui non farò il nome – ciao Marta! – per un lungo periodo fu la mia consulente per gli affari sentimentali. Dunque chiesi a lei. Le dissi di Isabella e le spiegai il mio piano, idea geniale compresa.
  – Va be', ma non mi sembra mica tanto geniale, – disse.
  – E perché? – dissi io.
  – Perché, scusa, la puoi fare con tutto, – disse lei.
  – Eh? – dissi io. – In che senso?
  – Nel senso che la cosa lí dell'uomo primitivo e la macchina, basta che ci metti a destra una Punto, oppure ci metti un'Alfa Romeo e dov'è la genialata? – disse.
  – Marta. Io E Volvo. Evolvo. È un gioco di parole, capisci? L'uomo primitivo evolve nell'uomo del futuro, sempre accanto alla sua fedele auto Volvo, che lo accompagna nei secoli ed evolve pure lei. Crescono insieme. E cazzo, dài. EVolvo, – dissi.
  – Eh, e non lo puoi fare anche con la Fiat? Non lo può accompagnare nei secoli, una Fiat? – mi disse lei.
  – Io eFiat? – dissi io.
  – Eh, – disse lei.
  – ... – dissi.
  Da quella volta non proposi piú idee geniali alla Marta ed entrai in crisi.
  Nel frattempo, Isabella si mise con Michele che era già ricchissimo di famiglia e io dovetti giocarmela solo sulla simpatia.
  Comunque, una settimana dopo e per pura tigna, elaborai una pubblicità geniale anche per la Fiat.

Immaginatevi un ipotetico ultimo modello di Fiat, sullo sfondo fuochi d'artificio che scoppiettano festosi nella mia città, Verona, e illuminano l'auto a giorno. Slogan, che poi diventerà pure il nome del nuovo modello:
«Fiat Lux».
Dal finestrino dell'auto, sbuca la Marta in abiti shakespeariani, con in mano una torcia che le illumina il viso dal basso, urlando:
– Giulietta Lux!
La pubblicità la vendo pure all'Alfa Romeo.
Taac.
Ricco.

Hassan Sadki.

Non volevo uscire perché stavo finendo una tavola, ma sono dovuto andare al supermercato per comprare le crocchette dei cani.
Nel parcheggio davanti c'erano due auto che si erano tamponate. Di fronte all'Audi grigia c'era una signora sui cinquanta con una vistosa pettinatura, avvolta in un cappottino mezza gamba alla moda. Fuori dalla Opel rossa, una coppia di uomini sui quaranta vestiti da lavoro. La dinamica, risultava con chiarezza, era che le due auto si erano tamponate uscendo in retromarcia in contemporanea. Mentre la signora parlava ad alta voce al telefonino, quasi urlando, i due uomini sembravano intimoriti. Attorno a loro, un piccolo capannello di persone. Mi sono avvicinato – per entrare ci dovevo passare davanti – e ho sentito la signora al telefono dire: – Perché questi i vien qua solo a far danni! – È stato lí che mi sono accorto che i due uomini erano nordafricani, probabilmente

marocchini o tunisini, non so. E ho avuto d'un tratto l'impressione che le persone non fossero lí per curiosità o per aiutare, ma avevano quasi l'atteggiamento di sentinelle, come stessero lí per impedire una fuga o qualcosa del genere. Stavo per chiedere lumi ma ero stanco, la notte prima avevo dormito male, e ho pensato Non è che puoi impicciarti sempre. Sono entrato nel supermercato con un sottile senso di vergogna, sentendomi una specie di disertore.

Quando sono uscito con la spesa, c'erano i vigili. Li ho sentiti rivolgere una domanda a uno degli uomini della macchina rossa.

– Nazionalità? – ha detto il vigile.

– Italiana, – ha detto l'uomo.

– Come no, – ha detto la signora.

L'uomo ha guardato la signora, si è tolto il cappello da lavoro che aveva in testa.

– Signora, – ha detto, – io abito qua da diciassette anni. Mia moglie è italiana e ho tre figlie che vanno a scuola. Lavoro anche la domenica. Sono italiano.

– M'immagino che lavori che fate, – ha detto la signora.

Io avevo i sacchetti in mano, li ho posati a terra e mi sono avvicinato all'uomo.

– Del resto, – ho detto apposta a voce alta e ridendo, – è risaputo che le donne non sanno guidare. E la domenica dovrebbero stare a casa a spadellare, non nei parcheggi a rompere i coglioni!

– Ma come si permette?! – ha urlato la signora, indignatissima.

– Niente, signora, – ho detto, – volevo solo buttare lí anch'io un pregiudizio a caso.

Gli uomini hanno riso, la signora no. Ho ripreso i miei sacchetti e me ne sono andato verso l'auto. Mentre stavo

facendo retromarcia, ho visto l'uomo che mi correva incontro. Ho fermato la macchina e ho abbassato il finestrino.
– Tieni, – mi ha detto, allungandomi un bigliettino.
Sul bigliettino c'era scritto: «Hassan Sadki, tinteggiature edili».
– Se hai bisogno, ti faccio un buon prezzo, – ha detto. L'ho ringraziato e me ne sono andato. In auto ho pensato che a primavera devo imbiancare le camere delle bambine. Mi sa che lo chiamo, ha tre figlie e lavora anche lui di domenica.

Lo sgabello Bekväm.

Ieri è andato in stampa il mio primo libro.
Quest'esperienza mi ha insegnato un sacco di cose.
Che lavorare assieme agli altri resta la faccenda piú difficile, ma anche la piú istruttiva. Che avere ragione non c'entra niente col portare a casa il risultato. Che un libro è fatto soprattutto da quello che non ci metti dentro, proprio come una fotografia è fatta soprattutto dalle cose che scegli di lasciare fuori dall'inquadratura. Le cose che lasci fuori non è che siano meno belle, è solo che devi decidere ciò che vuoi mostrare nella tua foto, e quello dev'essere il tuo unico fuoco, che poi è un'altra maniera per dire che se una matita o una tastiera sono il mirino della tua intelligenza, allora è importante verso cosa le punti. Che non sarò mai uno di quelli che vuole pubblicare a tutti i costi. Che il mio libro è una conseguenza e non un obiettivo, ma che a volte gli obiettivi migliori sono proprio quelli che raggiungi in maniera inattesa, come quando vai a correre in campagna e d'un tratto ti trovi in cima a quella collinetta, sudato e coi crampi, e pensi: «Cazzo, che bel panorama».

Che la continuità vale piú dell'impegno e del talento messi assieme. Che l'amore non ti completa, ma ti comincia. Che per portare a compimento un progetto, piú che la bontà del piano, conta la convinzione di una persona, e non è detto che quella persona sia tu. Che se ripetere gli stessi errori è frustrante, farne di nuovi è invece bellissimo. Che a volte vinci di piú quando perdi. Che, nonostante gli anni e i chilometri, sono sempre le stesse cose a buttarmi a terra, ma che a terra ci resto il tempo di un respiro. Che quando dico a qualcuno: «Fidati», e sento che quel qualcuno si fida davvero, è l'esperienza piú bella. Che quando qualcuno mi dice: «Fidati», e io sento che mi fido davvero, è ancora meglio. Che non so come far capire agli altri che: disegno perché mi piace, ma scrivo perché mi serve. Molti cercano di indurti a credere piú o meno sottilmente che devi scegliere, che devi fare una cosa, o l'altra. E io penso ogni volta che fare una cosa, o l'altra, non c'entri niente con l'essere una persona, o un'altra, che poi è la vera cosa di cui cercano di convincerti. Che alla fine la vita è come lo sgabello Bekväm dell'Ikea: non si capisce se sia una sedia, una scaletta, un tavolino o un boomerang.

Non c'è una maniera giusta, ognuno la usa come cazzo gli pare.

Countdown.

– Sei pronto?
– Sí.
– Okay, allora al tre si va. Uno, due...
– No, aspetta un attimo!
– Che c'è?
– Non so piú se voglio.

– Ma come non sai se? Ne avevamo parlato! E m'hai fatto pure giurare di non permetterti di tirarti indietro se fossimo arrivati a questo punto, ricordi? In nessun caso, mi hai detto!
– Sí, lo so. Ma ora, mioddio... è molto peggio di quanto immaginassi!
– Eddài, che ci vuole? Prendi un bel respiro e buttati!
– Sí ma... se poi qualcosa andasse storto?
– Storto? Ma cosa vuoi che vada storto. Abbiamo fatto milioni di prove!
– Sí... hai ragione ma... può sempre succedere che...
– Oooh, ascolta! Allora anche quando passi sotto un balcone può succedere che ti cada un vaso di fiori in testa, ma mica capita!
– Be', ma che c'entra, mica stiamo sotto un balcone, qua.
– Appunto!
– Quindi dici che mi butto?
– E certo! Dài, insieme, su.
– Prendo un bel respiro?
– Dal naso però. E chiudi gli occhi, funziona sempre.
– Okay.
– Allora pronti? Uno... due...
– Aspetta, aspetta un attimo!
– Oohhh! Che c'è adesso?
– Non mi ricordo piú che devo dire! Mi sono scordato!
– Come, scordato?
– Sí, non mi ricordo piú, ti giuro! Vuoto totale!
– Ma porca troia, ma se l'abbiamo provata per giorni!
– Sí, lo so, ma adesso... cazzo... niente.
– Cazzo cazzo cazzo!
– E ora che succede?
– Se ne stanno andando, ecco cosa!
– Come, andando?

– Finché noi stavamo qua a delirare sulle tue paure loro hanno finito!
– Oh merda, e adesso?
– E adesso e adesso... lasciami venire un'idea...
– Eddài su, sono già quasi alla porta!
– Aspetta... okay, ecco, ci sono!
– Ci sei?
– Sí, sí, ora ci penso io, lascia fare a me!
– Cos'hai in mente?
– Oramai andiamo di classico, è l'unica.
– Di classico?
– Di classico, sí. Adesso vado.
– Vai? Come vai? E io non vengo?
– Ma se è un'ora che stai qua a farmi paranoie che non vuoi buttarti!
– Eh, sí... ma non voglio nemmeno stare qua da solo!
– Okay, allora vieni.
– No dài, sto qui.
– E deciditi!
– Non lo so, madonna!
– Guarda che se ne vanno!
– Allora va' e parlaci tu, dài! Io sto qui e faccio il misterioso.
– Il misterioso.
– Eh.
– Con quella faccia.
– Eh.
– Va be', allora vado e ci parlo io, aspetta qui!
– E cosa dirai?
– Vado di classico, te l'ho detto. Oppure improvviso.
– Improvvisi?
– Sí, improvviso, improvviso! Cosa credi che non sia capace di...

– No, no, certo. Va bene. Improvvisa. Mi fido.
– Bene, allora.
– Ah! Aspetta!
– COSA?!
– Io la bionda però, eh?
– Va bene, va bene! Allora pronto?
– Pronto.
– Tu fai l'ombroso.
– Il misterioso.
– Quello che vuoi, basta che non fai il coglione. Adesso vado, okay?
– Vai!
– Ragazze, scusate, non è che avreste da accendere?
– Non fumiamo.
– Ah, ecco, ciao.
– Allora? Che hanno detto?
– Ma guarda, viste da vicino non son niente di che.

Un soldo di cacio.

A. fu la mia prima fidanzata.
Aveva otto anni, la incontrai alla scuola elementare, diventammo compagni di classe in terza B. Aveva gli occhi uno verde e uno marrone, i capelli lunghi biondi, e per me era uguale alla principessa Aurora di Starzinger, anche se era alta un soldo di cacio.
A. fu la prima persona che mi fece scoprire cos'è la gentilezza e mi insegnò a non vergognarmi mai. Quando uscivamo dalle lezioni, al suono della campanella, o se si andava in gita, A. e io ci tenevamo sempre per mano. Gli amici maschi mi canzonavano ma a me, quando stringevo la mano di A., non importava niente.

Un giorno A. mi diede un bacino sulla bocca. Eravamo seduti in giardino, era la ricreazione e le stavo spiegando una roba di Scienze. A. mi posò una mano sulla guancia, poi si avvicinò. Non durò neanche mezzo secondo. Le sue labbra sapevano di mela e di schiacciatina insieme. Quando Eugenio lo disse alla maestra Teresa, la maestra ci sgridò. Ricordo che sgridò soprattutto A. e la fece piangere. Io allora mi arrabbiai molto e dissi alla maestra Teresa che era una stupida, cosí mi beccai la mia prima nota. Quando mostrai la nota a mio padre mi aspettavo di prenderle, invece lui mi disse che avevo fatto bene e io quel giorno lo amai molto.

Fu un anno bellissimo fatto di prendersi per mano, sorridersi dietro i quaderni, schiacciatine divise a metà, spiegazioni di Scienze in cui A. non mi ascoltava mai. E quel profumo di mela che era sempre con me.

In quarta elementare i genitori di A. decisero di andare a vivere in un altro paese. A. naturalmente li seguí e fu costretta a cambiare scuola. In realtà erano solo trenta chilometri, ma per due bambini di nemmeno nove anni era come la distanza Terra-Luna.

Quando mi salutò, A. mi disse queste parole: – Ciao, – mi disse, e poi se ne andò correndo. Io non ricordo cosa risposi, o se risposi, so solo che rimasi lí mentre l'auto di sua mamma me la stava portando via. L'amore rimpiccioliva mentre l'auto si allontanava, era un bambino atterrito dalle scelte degli adulti. Mi sembravano tutti stupidi.

Non la rividi piú.

Qualche giorno fa A. mi ha scritto su Facebook. Ha visto che ho pubblicato un libro, lo ha trovato sulla bacheca di un'amica che lo consigliava. Allora è venuta a vedere la mia.

A. oggi non è piú bionda e ha quattro figli maschi, poco piú grandi delle mie figlie. Quando le ho risposto, le ho scritto ridendo che saranno la ragione per la quale continueremo di sicuro a non incontrarci mai.

«Sei ugualeuguale», mi ha scritto A., fra le altre cose. Guardando le sue foto, ho visto che per me è ugualeuguale pure lei, soprattutto gli occhi e il sorriso.

Mi sono detto pensa che beffa, che magari tu sei convinto di passare la vita a crescere, a cambiare, per poi tornare uguale a quello che eri. O forse è che, in fondo, crescere significa solo diventare quello che sei.

Forse i bambini di otto anni quella roba lí la vedono e se la ricordano per sempre. Poi te la scrivono trentasei anni dopo su Facebook e a te viene un'improvvisa voglia di mela e di schiacciatina, di compiti di Scienze, di essere punito per un bacio dato a un amore alto un soldo di cacio.

Ogni volta.

Ogni volta che devo prendere un treno mi succede questa cosa che parto per prendere il treno, nella mia Opel Corsa blu, che la stazione quando c'è traffico è a un'ora di auto, e mentre sono in macchina che penso Madonna devo prendere il treno mancano solo cinquantasette minuti non ce la farò mai devo pure trovare parcheggio e in via Cipolla ci sono i lavori, mi si buttano agli angoli degli occhi tutte cose bellissime, o che sembrano bellissime a me, tipo la signora dai capelli rossi come il fuoco che va a fare la spesa all'Esselunga, su una bicicletta rosa, intabarrata in un impermeabile arancione, oppure il tizio che fuma sotto la pensilina dell'autobus in canottiera, sbuffando nuvolette di fumo con gusto e pure una punta di esibizionismo, come fosse in Puglia in agosto, e quando passo a gettare il saccone del misto nei cassonetti lungo la strada incontro sempre la vecchina alla finestra, che mi scruta tipo umarèll che fissa i lavori in corso, con lo sguardo torvo e l'orecchio teso a sentire se per caso quando lancerò il sacco si sentirà un rumore sospetto, il *clang* di una bottiglia di vetro abusiva, e m'immagino le giornate di questa vecchina che giudica il mondo dalla sua finestra, dall'osservatorio privilegiato del cassonetto sotto casa sua, e una parte di me pensa che tutto sommato dell'umanità ne potrebbe raccontare piú lei che un raffinato sociologo, e quando passo vicino all'edicola grande, alla porta vedo sempre quel senegalese enorme che elargisce sorrisi bianchissimi a chi entra e a chi esce, e invece le persone gli passano accanto con la spalla destra, o sinistra, un po' alzata, come a proteggersi, e nonostante questo il suo sorriso resta lí, inscalfibile e promettente, e io mi chiedo come faccia a farsi scivolare addosso tonnellate di indifferenza ogni giorno, ogni ora, ma soprattutto vedo il camioncino dell'ambulante vicino alla rotonda che ancora, a novembre, si ostina fiducioso a vendere ombrelloni e sdraio a righe, e secondo me ha ragione lui, perché vuoi mettere il mare a novembre, e mi piace immaginarmelo la sera, quando chiude, mentre se ne va alla spiaggia, magari su una bicicletta rosa, a baciarsi su una sdraio a righe con una signora dai capelli rossi come il fuoco intabarrata in un impermeabile arancione, la spesa appena fatta all'Esselunga che affonda nella sabbia, due lattine di birra messe in fresco nell'acqua che vengono portate via dalle onde, e vedo tutte queste cose, oppure me le immagino, e devo ogni volta resistere alla tentazione di fermarmi e scriverne subito, oppure disegnarle su un foglietto, oppure telefonare a Paola, o a mia mamma, perché in quei momenti mi sembra che la realtà mi parli, e quando la realtà mi parla mi viene voglia di raccontarla come fosse una musica, come fossi la puntina di un grammofono che si infila nei solchi di un vecchio disco da cui esce una melodia sempre uguale, ma sempre diversa, a seconda di chi la ascolta.

Poi generalmente perdo il treno.

Erkin.

Stanotte tirava un vento obliquo e tagliente che non mi faceva dormire.

Anche i cani erano inquieti, continuavano a fare dentro e fuori con urgenza, come percepissero qualcosa nell'aria.

Paola e le bimbe sono dai nonni e allora mi sono alzato accendendo le luci, ho pensato tanto vale, e sono sceso in studio a inchiostrare un po'.

Stavo per far partire la radio, ma il vicino stanotte ha messo di nuovo la musica per la mucca, sostiene che cosí fa il latte piú buono, e il bosco ondeggiante risuonava delle note dell'*Avvelenata* di Guccini, poi *Via Paolo Fabbri 43* e infine dei valzer di Strauss. Ho schiuso appena la portafinestra e succedeva questa cosa che l'odore asciutto del vento e le note invadevano la stanza come l'aroma del minestrone quando riempie la cucina. Sono entrato quasi subito in un'atmosfera irreale, fluida, con la mano che scivolava sul foglio priva di dubbi e per qualche minuto ho sperimentato un intervallo di perfetta armonia artistica e mentale.

Poi c'è stato il rumore.

I cani sono scattati fuori abbaiando, d'istinto stavo per seguirli ma avevo il pennello in mano, gocciolante, e il giubbino e la torcia erano di sopra e ho pensato Sta' calmo, è solo vento, sali, ti vesti in fretta e vai a vedere. Piú che altro per richiamare i cani abbaianti in notturna, che sennò i vicini domani sono capaci di lasciarmi un altro biglietto di garbata indignazione nella cassetta del pane.

Mi faccio due giri di sciarpa attorno al collo ed esco correndo verso il cancello, in direzione del trambusto. Garrett sta abbaiando a qualcosa, Cordelia pure l'ha presa molto sul personale. Il vento un po' mi confonde, ma mi sembra di percepire un lamento. È cosí. – Ahiahiahiaaa! – sale dalla strada. Illumino con la torcia, cauto e – confesso – un po' spaventato. Davanti al muretto di casa mia c'è un ragazzo, riverso a terra con il suo scooter sulla gamba. Esco subito, apro il cancello ed escono pure i cani che scappano su per la salita e penso vaffanculo, li riprendo poi. Il ragazzo è a terra ma si muove. Si muove *bene*, intendo. Muove la testa, muove il tronco, agita le braccia. Sembra solo intontito.

– Ehi, – gli dico. – Tutto a posto?

Gli tolgo lo scooter di dosso, cercando di sollevarlo, ma è pesante e devo far ricorso a tutta la forza che ho. Non faccio nemmeno in tempo a finire di tirarlo su che il ragazzo salta in piedi come una molla.

– Sta' buono! – gli dico. – Potresti avere qualcosa di rotto, siediti.

– Nonono, devo andare a casa subito o mé papà el me còpa! – dice.

– Ecco, – gli dico io. – Secondo me tuo padre è piú contento se non ti uccidi prima tu da solo, fidati.

– ***! [*Intercalare veneto*], – dice il ragazzo. – Vàrda lo scooter!

– Tranquillo, – gli dico. – Hai solo sbrindellato il parafango, ma cosí a occhio mi sembra che tu non abbia fatto danni gravi.

Ci risale sopra che lo tengo ancora per il manubrio e prova a farlo ripartire.
– Allora! – gli urlo. – Siediti qui un attimo! Vediamo prima se stai bene, cazzo!
Lui mi guarda come se non si aspettasse la reazione. Ci fissiamo per due secondi cosí, con Strauss in sottofondo che arriva dal bosco, portato dal vento. Dalla casa di fronte mi sembra di scorgere una sagoma di donna dietro una finestra.
– Sto bèn! – mi dice. – Non son andà contro il muro, son solo cascà.
– Hai bevuto?
– Secondo tí?
– Okay. Altro?
Il suo sguardo dice tutto. Il suo sguardo dice Vecchio di merda come diavolo fai a saperlo. Il mio invece dice: lo capirebbe anche mia figlia di quattro anni.
– Ora, – gli dico, – prima di tutto. Dove cazzo abiti?
– Qua su a Romagnàn, – mi dice.
Romagnano è appena qui sopra, a circa tre chilometri. Ma sono tre chilometri di tornanti al buio e io penso subito che, se lo lascio andare da solo, questo a casa non ci arriva.
– Okay, allora senti, – gli dico, – facciamo cosí. Tu ora lasci lo scooter qui da me. Lo portiamo dentro in giardino e vieni a riprenderlo domattina o quando vuoi. Poi ti accompagno a casa in macchina. Prima però controlliamo BENE che tu non ti sia fatto niente.
Lui cerca di nuovo di far ripartire lo scooter. Non riparte.
– ***! [*Intercalare veneto*], – dice.
– Okay, allora è deciso, lo portiamo dentro, – dico.
– Vieni.
Riprendo i cani mentre lui cerca di mettere lo scooter sul cavalletto, in giardino, poi entriamo in casa. Si siede sul divano e gli do mezzo litro di minerale da bere che lui

non vuole ma io gli dico Bevi, tutta, e lui la beve, tutta. Da vicino e senza casco mi rendo conto di quanto sia giovane. Avrà diciassette anni, forse.

– Come ti chiami?
– Erkin.
– Erkin?
– Lo so, che cazzo di nome è, – mi dice lui.

Scoppiamo a ridere, all'unisono.

– Allora, Erkin, – gli dico. – Sono le tre e mezza del mattino. Lo scooter è in salvo. Tu non hai un cazzo a parte che sei pirla. Andiamo a casa?

Erkin ride. – Okay, – mi fa.

Scendiamo in giardino e saliamo sulla mia Opel Corsa blu fredda come la morte e Erkin si siede sui miei occhiali da sole che stavano sul sedile e mi dice Scusa e io gli dico solo di mettersi la cintura e usciamo in strada.

Casa sua è davvero poco piú su, e all'improvviso penso che il mio forse è stato sul serio un eccesso di zelo. Ma dopotutto, no. Mi chiede di fermarmi non proprio sotto casa. – Cosí mio padre non mi vede, – dice.

– Allora a domani, – gli dico. – Io sono a casa che lavoro, tu per lo scooter passa quando vuoi.

– Okay, – mi dice. – E grazie.

– Va' in mona, – gli dico.

Erkin sorride, scendendo dall'auto.

Passo il resto della notte in piedi, un po' a lavorare e un po' a guardare la tivú. Mi alzo definitivamente verso le otto e tre quarti e mi faccio il caffè. Comincio a lavorare. Poi Erkin suona il campanello. Lo faccio entrare. In giardino, armeggiamo per un po' con lo scooter ma non riparte nemmeno stamattina, e allora Erkin decide di spingerlo in salita verso casa, a piedi e sbuffando. Indossa gli stessi vestiti di stanotte.

– Dài che ti fa bene! – gli urlo.
– Va' in mona! – mi dice ridendo prima di scomparire alla fine della strada, senza nemmeno voltarsi ma alzando una mano in aria, in cenno in saluto.

L'amore che ci metti.

Adoro le pagine di merda.
Le vignette uscite male e mezze storte, quelle che mentre le stai disegnando lo vedi che non sono il massimo, ma pensi «vado avanti lo stesso e le sistemo poi». Quando settimane dopo ci torni sopra, è pure peggio. Il disegno ti sembra fatto da un altro, lo guardi e ti chiedi: «Perché?» Ci rimetti mano all'inizio senza convinzione, pensando che faresti prima a buttare tutto e rifare, invece un po' alla volta ti accorgi che ci prendi gusto: aggiusti quel braccio, le pieghe del vestito, sistemi lo sfondo, rendi il primo piano piú intenso. Ci metti tutto ciò che hai, perché abbandonare quella pagina al proprio destino significherebbe arrendersi all'evidenza, mentre tu hai già imparato da un pezzo che l'evidenza è solo un alibi per la pigrizia mentale.
Nove su dieci, va a finire che la pagina inizialmente di merda diventa una delle migliori del mazzo.
È un mistero.
È un po' come quando da adolescente t'innamori di una ragazza bruttina. Riconosci che non è bella, i tuoi occhi lo vedono, eppure qualcosa dentro di te la vede anche con un altro sguardo, una specie di seconda vista che si attiva solo quando conta, quando percepisci che una ragazza ti piace ma non sapresti dire il perché. Quando in teoria dovrebbe essere lontana anni luce dai tuoi gusti o dal tipo di bellezza alla quale sei stato, tuo malgrado, socializzato. Eppure.

Ed è lí che ci credi e ti sistemi la relazione addosso, decidi di indossarla, la senti crescere. E quella ragazza bruttina diventerà un po' alla volta confronto inconsapevole per tutte le bellone passate e future, magari ottenute pure senza merito. Mentre quella ragazza bruttina lí, quella col culone e le gambe un po' grosse ma che quando la vedi ridere ciao proprio, hai dovuto faticare prima per averla e dopo per scoprirla. Hai lottato per non fermarti davanti ai tuoi stessi pregiudizi, e adesso insieme siete diventati il paradigma per tutte le relazioni che hai avuto e per quelle che non senti piú il desiderio di avere.

Adoro le pagine di merda e le ragazze bruttine, perché nelle prime si annida sempre une lezione da scoprire e nelle seconde una passione da saper vedere.

In entrambi i casi, il risultato dipende solo dall'amore che ci metti.

Abbastanza.

C'era questo locale dove andavo quando studiavo a Venezia.

Avevo cominciato a frequentarlo per la musica dal vivo e perché si poteva bere fino a tardi. Al tempo lo gestiva un tizio di nome Vincenzo assieme a una mandria di studenti part-time, studenti fuori corso, studenti fuori e basta. La gente ci veniva soprattutto quando gli altri locali smettevano di servire da bere. Chiedevano tramezzini per tamponare l'alcol o gin lisci per uccidersi definitivi. Alcuni si portavano il vino da casa nelle bottiglie di plastica e si sedevano fuori ai tavolini in riva, a consumare. Le ragazze ballavano, nascevano discussioni, girava qualche canna, ma in genere si stava seduti a bere e parlare e basta. Dopo un po', i volti dei commensali non erano piú nemmeno facce. Li osservavi dal tuo faro obliquo, stravaccato sulla sedia o sprofondato in una barca, cercando di indagarne i visi alla ricerca di qualcosa che non trovavi, quasi mai.

Mi ricordo una notte di fine estate. Siamo fuori in gruppo e io sto fumando. Una ragazza seduta con noi esprime a voce alta il desiderio, meglio, l'intenzione di fare un figlio. Guardo il suo compagno, gustandomi l'espressione di assoluto terrore che gli si piazza addosso come una merda caduta da un aereo, *splat*. Per confondere le acque la tira a sé e la bacia, e io penso a quanti modi ci siano di ingannare una donna. Alberto rivanga per l'ennesima volta i bei tempi andati. A ventitre anni. Il copione è sempre quello, ne dice una e poi si gira verso di me a cercar sostegno: – Ti ricordi, eh? Ti ricordi? – Io non mi ricordo, o forse è che non era andata esattamente cosí, ma la storia è bella e non gliela rovino.

Gianluca invece si è avventurato in una discussione sull'architettura. Alla quarta birra, sta cercando in ogni modo di dimostrare che è come dice lui, che per misurare il mondo non può esistere che il metro, che non c'è nessun'altra maniera possibile di misurare le cose se non la *razionalità*.

Fabio tenta di resistere argomentando che no, non è mica vero, si possono misurare le cose anche in maniera *poetica*.

– Bene, poeta, – lo sfida Gianluca, – allora adesso vediamo se riesci a spiegarci, senza usare alcuna unità di misura, quanto è largo questo tavolo! – dice battendo il palmo sul tavolino di legno attorno al quale siamo tutti seduti. Lo dice apposta urlando, in modo che i presenti possano udirlo distintamente, sogghignando come uno che pensa di avere appena fatto scacco matto.

Ricorderò per tutta la vita la sua espressione quando Fabio gli risponde:
– Abbastanza.

Attraversare la strada.

Sto cercando di insegnare a Melania come si attraversa la strada.
Tutte le mattine scendiamo dall'auto insieme, nel parcheggio di fronte all'asilo, mano nella mano. Poi ci fermiamo sul bordo della carreggiata.
– Melania, – le dico, – stanno passando macchine?
Lei si guarda attorno con aria circospetta, gli occhi a fessura, prima si gira a sinistra dove c'è la piazza pedonale e niente. Poi si gira a destra, verso la collina, e ogni volta succede.
– Sí! – dice.
– Dove? – dico.
– Là! – dice Melania.
Mi indica un puntolino giallo che sta risalendo la collina, distante diciassette chilometri. Allora dobbiamo attendere che il puntolino percorra la sua strada, faccia il tornante, scompaia all'orizzonte. Certi giorni le macchine sono piú vicine, altri svoltano in direzione opposta alla nostra, per lei valgono lo stesso.
Sono attraversamenti lunghissimi.
Capita che qualcuno ci guardi strano, o sorrida, vedendoci fermi come due vedette davanti a una strada sgombra, solo in attesa del momento. Ma a noi piace cosí e io trovo utile addestrarla alla prudenza.
Sarebbe piú semplice farla attraversare in sicurezza tenendola per mano, o portandola in braccio. Farei dieci volte

prima. Ma risolverei un problema mio, non il suo. Soprattutto, mi perderei gli istanti passati insieme a guardare la collina la mattina presto, il sole che cresce, la manina impaziente nella mia che la contiene, come una custodia, le mamme sedute al bar strette nei piumini, mentre prendono il caffè, dopo avere accompagnato i figli a scuola e prima del lavoro, che per quei pochi minuti hanno di nuovo quell'aria da liceali in gita, l'anziana signora col paltò beige che tutte le mattine alle otto e mezza in punto esce di casa camminando piano con la borsetta nera sotto il braccio, scende sul marciapiede, si ferma, si gira prima a destra e poi a sinistra, penso Chissà se gliel'ha insegnato suo padre.

Nel frattempo i puntolini gialli scompaiono all'orizzonte, le mamme ridono risate di ragazza, il sole sorge, attraversiamo insieme, Melania corre, io dietro di lei guardo ancora la collina, oltre la collina, lontano trentaquattro chilometri, non si sa mai.

Le brutte notti.

Le brutte notti sono quelle in cui non riesci a dormire, ti tiene sveglia la sensazione che stia per succedere qualcosa, cambiare tutto, che sia già cambiato, e i cattivi pensieri risuonano nella stanza buia come note nella cassa armonica di quella chitarra che non tocchi da troppi anni, mentre le code dell'immaginazione si attorcigliano alle code di altri pensieri, agli echi di conversazioni pesanti avute nel corso della giornata, di intenzioni mal comprese, aspettative disattese, e la televisione senz'audio trasmette immagini che viste da sotto in su fai fatica a decifrare. E ti viene in mente che la vita è questo, immagini alle quali dare un senso, fornire un verso, giustapporre nella corretta sequenza per costruire la nostra storia, giorno dopo giorno, proprio come un racconto, proprio come un fumetto. Di quella storia siamo protagonisti e lettori insieme, e ciò che vi leggiamo noi sarà sempre diverso da ciò che ci vedranno gli altri, che sulla nostra storia magari esprimeranno giudizi, si permetteranno sentenze, oppure la abbracceranno e vi riconosceranno un po' anche sé stessi, come in uno specchio.

Ogni vita è una specie di iceberg narrativo di cui gli altri scorgono solo la parte visibile, mentre tre quarti se ne stanno nascosti sotto il pelo dell'acqua e non se ne accorge mai nessuno, a volte non te ne accorgi nemmeno tu. Ma è proprio la parte che sta sotto a sostenere e orientare tutto il resto, come la chiglia di una nave.

Sapere chi siamo significa conoscere la parte che ci sostiene, quella che contiene la sala macchine, custodisce il motore, tutto ciò che riesce a spingere in avanti la nave delle nostre vite, a evitare gli scogli, senza accontentarsi di farla, semplicemente, galleggiare.

Le brutte notti sono quelle in cui sei a casa da solo, non riesci a dormire, ti tiene sveglio la sensazione che stia per succedere qualcosa, cambiare tutto. La cosa che sta per cambiare è che ogni giorno è diverso, ma ogni giorno sei diverso anche tu, mentre la parte nascosta là sotto, per fortuna, resta sempre uguale, la parte là sotto non la tocca niente. L'importante è non credere nemmeno per un istante che quel che vedono gli altri, nel bene o nel male, sia tutto quel che sei, e non credere che quel che invece gli altri non vedono valga meno, soltanto perché non lo vedono.

Non è importante se nessuno lo vede, o se lo vedono in pochi, tu quella parte rispettala, difendila, sentila, proprio come l'aria che ti entra nei polmoni ogni giorno, ogni secondo, che nessuno vede nemmeno quella, cosí come non vedranno mai il tuo stomaco, o il tuo fegato, o i battiti del tuo cuore, mentre sono proprio questi a tenerti in vita.

Il maglione.

Sono andato con mia mamma a comprare un maglione.
Ci teneva a regalarmelo per il mio compleanno.
– Nelle foto hai sempre la stessa felpa con la cerniera, – mi ha detto.
– Me l'hai regalata tu dieci anni fa, – le ho detto.
– Ma non hai maglioni?
– Solo quelli a rombi che metto quando lavoro.
Siamo andati al mercato di corsa.
Io volevo solo un maglione normale, di quelli di lana tinta unita con le trecce, ma pare che maglioni cosí non ne facciano piú. Abbiamo girato quattro bancarelle, adesso ci sono solo maglioncini fighetti di tinte improbabili tipo écru epatite, oppure verde acquitrino selvatico, oppure bluette puffo brontolone. Soprattutto: sottilissimi. Cosí fini che se me ne metto uno ed esco mi viene la colite da qui all'equinozio di primavera. Oppure ci sono le felpe con la cerniera che fanno tanto ggiovane, ma io ne ho già una regalatami dieci anni fa. Quando ero giovane.
Allora mia mamma s'è impuntata e mi ha portato nel negozio quello bello che dice lei. Nel negozio quello bello, oltre al danno la beffa: non solo non avevano i maglioni con le trecce, ma non li avevano manco di lana, perché pare che ora l'ultima moda preveda per gli uomini solo maglioni di cotone. Aderentissimi. Dopo che ne ho provati diciassette, il commesso mi ha convinto a comprarne uno color vomito di cane – «È la nuova nuance dell'anno!» –

cosí fasciante che secondo lui mi evidenzia il fisico, secondo me sembro Big Jim con le emorroidi.
   Siccome mia mamma era contenta, l'abbiamo chiusa lí.
   Un'ora dopo, a pranzo, è venuta fuori la cosa del maglione con mio padre.
   – Dàghe uno dei miei, – ha detto a mia mamma.
   Mia mamma, che conosce i suoi polli, lo aveva già individuato.
   Mi ha portato di sopra, ha aperto l'armadio, ha tirato fuori dal cellophane un bellissimo maglione marrone di lana grossa, a trecce, che era uguale preciso a come lo volevo io, solo degli anni Settanta.
   Cosí adesso, ogni volta che vorrò mettere un maglione, avrò due strade davanti a me, facciamo tre.
   Essere Big Jim dopo che gli ha vomitato addosso un cane.
   Essere mio padre.
   Essere un calzino Burlington a rombi giganti.
   Per fortuna che ho sempre la mia felpa con la cerniera, regalatami al mercato dieci anni fa.
   Quel giorno che volevo comprarmi una camicia con le maniche corte.

Catarina.

Una mattina di luglio, prima dell'alba, ero sul sedile posteriore della Ypsilon 10 rossa del Gire, e mi pulivo le tracce di crema che il cornetto aveva lasciato cadere sui jeans nuovi. Federico e il Vince cantavano in coro su una cassetta di Ligabue, indicando fuori dal finestrino qualsiasi cosa evocasse il sentore di vacanza, dalla sabbiolina a bordo strada, ai nugoli di zanzare, alle ragazze con i calzoncini appena uscite dai locali. Era il mio primo viaggio lungo con gli amici, la prima estate all'estero, in una località balneare spagnola, la prima vacanza vera con la mamma a casa a preoccuparsi senza sapere di preciso dove fossi e quando sarei tornato. Non erano anni di cellulari e mail, le partenze erano sempre potenziali addii e i ritorni sorprese autentiche.

Eravamo in nove, quasi una squadra di calcio. Io avevo fatto delle magliette per tutti con disegnata sopra una donnina discinta tipo quelle di Manara e la scritta SPAIN INVASION. Non avevo ancora vent'anni ed ero il nuovo del gruppo. Avevo imparato da poco che per farmi accettare bastava sparare cazzate a profusione. Il timing comico non mi è mai mancato, e avevo scoperto che «falla ride» era una massima che non valeva solo con le ragazze. Nonostante fossi l'ultimo arrivato non ero l'ultimo nella scala sociale del gruppo di amici, stavo piú o meno in mezzo. Tutto grazie a Davide, il Garrone della squadra e uno dei due leader incontrastati – l'unico che davvero ne sapesse di robe di menare – che mi aveva preso in simpatia e mi considerava il suo confidente personale.

In quella vacanza facemmo tutte le cose che ti aspetteresti da un gruppo di diciannovenni. Tornai a casa bianco com'ero partito, nonostante i quaranta gradi e un sole accecante e ininterrotto, perché ogni giorno andavamo a letto alle otto del mattino e ci svegliavamo alle sette di sera, pronti per una nuova nottata.

L'ultimo giorno conobbi una ragazza in un locale. Si chiamava Catarina, da me soprannominata «il meccanico» perché, invece della gonnellina corta o i top da spiaggia, era l'unica a indossare la salopette. A luglio. Catarina non era alta, aveva una cascata di capelli castani che teneva nascosti sotto un berretto da baseball, l'incarnato chiaro e gli occhi verdi. Un naso da pugile che avevo adorato subito, e la pronuncia strascicata di Penélope Cruz. Io in spagnolo sapevo *hola* e il dialetto veronese, ma riuscivamo a intenderci benissimo.

Catarina e io ci scambiammo un solo estenuante bacio, sul sedile posteriore di una macchina alle cinque del mattino. La sua lingua sapeva di sigarette e birra e Vigorsol alla fragola tutto insieme. Ci salutammo davanti a un'alba sul mare perfetta e, occhi negli occhi, mi diede il suo indirizzo di casa facendomi promettere che le avrei scritto prestissimo. Si fidò della mia promessa e non volle il mio.

Le scrissi durante il viaggio di ritorno e poi tre volte ma lei, la Catarina, non mi ha mai risposto.

Qualche anno dopo scoprii che Coimbra non si trova in Spagna, ma in Portogallo, e che quindi avevo da sempre spedito le mie lettere nella nazione sbagliata.

Scoprii anche che *você é especial* non è mica spagnolo e non significa «hai una bella voce».

Sasso!

Suona il telefono di casa. Il numero è preceduto da sette zeri. Rispondo per curiosità.
– Pronto?
– Buongiorno, sono Enzo dall'istituto di ricerche di Milano. Vorrei farle cinque domande sul dormire.
– Sul dormire in che senso?
– Sul dormire. Sul sonno.
– Ah. Ma non so se sono tanto preparato sull'argomento, sa?
– Ma non è mica questione di essere preparati, basta solo che dica la verità.
– Allora va bene, la avviso però che non ho molto tempo.

– Perfetto, comincio.
– Vada.
– Lei quante ore dorme a notte?
– Dipende. Direi un numero variabile tra due e sei.
– Ventisei?
– Le pare possibile che io dorma ventisei ore a notte? Ci pensi.
– Ha detto lei duesei, scusi.
– Ho detto TRA due e sei. A volte due, a volte quattro, mai piú di sei di fila.
– Okay, scrivo: «È indeciso, non sa».
– Scriva quel che vuole. Senta, potremmo fare un po' in fretta, per favore? Ho una bambina tutta insaponata nella vasca da bagno, una che mi sta spiegando i Fenici mentre pattina in corridoio, e la terza che sta cantando *La canzone della cacca* nuda sul balcone.
– Mi prende in giro?
– No.
– Okay, allora in via eccezionale passo direttamente all'ultima domanda.
– Ottimo.
– Sarebbe interessato all'acquisto di un materasso ortopedico in fibra di scfhringen, pagabile in cinquantotto comode rate e consegnato a casa sua con in omaggio un corredo a scelta in cotone ricamato a mano?
– Ma lei non era dell'istituto ricerche di Milano, scusi?
– Ah, sí, sí. Era una curiosità.
– Immagino. Comunque no, non sono interessato.
– È sicuro? Il riposo è una parte fondamentale della vita, sa? La fibra di scfhringen poi è anatomica, antiacaro, lavabile sfoderabile malleabile.
– Ne sono sicuro ma, guardi, ora devo proprio andare.
– Se vuole la richiamo piú tardi cosí le spiego megl…

– NO!
– Gliel'ho già detto che se uno dorme male è piú facilmente irritabile?
– Gliel'ho già detto che mi ha rotto il cazzo?
– PAPÀ, NON SI DICE CAZZO!
– NO VIRGINIA, HO DETTO SASSO!
– Le ho rotto un sasso? Perché anche a me pareva l'altra parola, eh.
– Scriva: «È indeciso, non sa».

Che ne sanno.

Ma che ne sanno dei tempi in cui uscivi e se qualcuno ti chiamava al telefono di casa, cinque minuti dopo, anche se era il Papa tua mamma poteva solo dire: «Mi dispiace, è fuori».

Che ne sanno di cosa significhi vivere senza filmini ogni dieci minuti, senza selfie o YouTube o iCloud, e poter fare affidamento solo sulla propria memoria, che poi ognuno rammenta dettagli differenti e si passano intere serate a ricostruire immagini a suon di «ti ricordi» che cambiano nel tempo insieme a noi, si arricchiscono e si modificano attraverso il setaccio di quel che conta.

Che ne sanno del costo di un'interurbana col papà che ti conta i minuti, dei tempi d'attesa di una lettera, sia scriverla che riceverla, delle cartoline spedite dal mare che arrivavano sempre a ottobre. Della punta d'amaro che lasciavano sulla lingua i francobolli.

Che ne sanno dei telefonini che contenevano in archivio cosí pochi messaggi che dovevi decidere ogni volta quali tenere e quali buttare, e rileggendo oggi quelli che hai conservato ci puoi vedere una radiografia dell'amore che ti ha portato fino a qui.

Che ne sanno della fine di quelle storie in cui lei scompariva dalla tua vita e non potevi saperne piú niente, senza Facebook che t'informasse che era in vacanza in Thailandia o che ti mostrasse quanto poteva essere viva e bella anche senza di te. Che ne sanno della capacità di illudersi o immaginare, che ti aiutava a sopravvivere al vuoto alimentando comunque una speranza.

Che ne sanno dei pomeriggi in discoteca in giacca e cravatta, delle sere in cui «con un deca non si può andar via» eppure ci andavi lo stesso, dei rientri spingendo la Vespa rimasta senza miscela, a piedi sotto la pioggia, delle notti in cui siccome non c'erano gli sms o WhatsApp allora passavi sotto casa sua solo per vedere quella luce accesa e accertarti che lei fosse tornata, o per urlarle in maniera sobria quanto l'amavi da sotto la finestra.

Che ne sanno di lei che il giorno dopo a scuola ti diceva quanto fossi scemo, ma te lo diceva guardandoti negli occhi e tu in quegli occhi vedevi tutto quel che serve.

Che ne sanno di cosa significhi vivere come dei ponti tesi tra l'è stato e il sarà, ma cercando di non perdersi l'affaccio su quel che c'è, però patendo sempre un po' di vertigine.

Non ne sanno niente, proprio come noi al tempo non capivamo niente dei nostri genitori, il che dimostra che la vita è sempre uguale anche quando sembra tutto diverso.

Che è l'unica cosa che tutti dovremmo sapere.

Storia di Giuseppe.

Sono in stazione, sto aspettando il treno per andare a Torino, sono vittima di un raffreddore stagionale e ho due occhi cosí rossi che sembro Coso di *Twilight*. Mi avvicina un signore sui cinquantacinque-sessanta, ha l'aria malconcia, la barba lunga e gli occhi piú rossi dei miei. Mi si piazza davanti e mi fissa per un paio di secondi, immobile.

– Scusi, – dice.
– Sí? – dico.
– Mi darebbe qualche soldo per un panino?

Io sono stanco, mi sono svegliato con due linee di febbre, rispondo quasi di riflesso pur sapendo di avere in tasca dieci euro, anche perché ho il forte sospetto che i soldi in realtà non gli servano per il panino.

– Non ho soldi, – dico. – Ho solo il bancomat, mi spiace.
– Ah, ma qui al bar il bancomat lo prendono, – dice.
Lo guardo, mi guarda. Penso: vediamo fin dove ti spingi.
– Okay, andiamo, – dico, – ti compro un panino.

Entriamo nel bar, gli dico Scegli pure, lui dice Un rustico, gli chiedo se vuole anche da bere.

– Una Coca, – dice.

Vado a fare lo scontrino alla cassa, penso Cazzo voleva davvero un panino.

– Un rustico e una Coca, – dico. – Pago col bancomat.
– Con un euro in piú, se vuole, ha anche la macedonia, – dice il barista.
– Ah, non so, – dico. Mi volto a cercare il signore, ma non lo vedo.
– Giuseppe! – urla il barista, – vuoi anche la macedonia?
– No no, – dice il signore riemergendo da dietro uno scaffale, – solo il panino.

Il barista mi sorride con condiscendenza, è evidente che i due si conoscono bene e il signore chiede spesso panini agli sconosciuti, io mi sento una merda ad aver pensato quel che ho pensato all'inizio.

Ritiro il panino rustico in un sacchettino di carta, la Coca, consegno entrambi in mano al signore.

– Grazie, grazie, – mi dice, mentre lo dice fa un piccolo inchino, poi fa per andarsene. Gli afferro un braccio.
– Senta, – dico, – mi scusi, ho scoperto adesso che avevo dieci euro nel portafoglio.
Estraggo il portafoglio dalla tasca, prendo la banconota. Lui mi guarda, quasi offeso.
– No no, – dice, – il panino va bene, solo il panino.
Mi ringrazia di nuovo, infila la porta e se ne va.
Io resto lí, coi miei soldi in mano, e capisco d'un tratto che carità ed elemosina possono essere separate da una linea molto sottile, e questo signore me l'ha appena mostrata. Calpestarla è un attimo, si chiama dignità.

Ovunque proteggi.

Non volevo figli. Non avevo mai pensato di averne.
Quando i primi amici cominciarono a diventare genitori, ogni volta che cercavano di passarmi un bambino in braccio, mi rifiutavo. Avevo paura che mi cadesse, avevo paura di cadere io.
«Ma perché? Basta che gli metti l'incavo del braccio dietro la testa, non succede niente!» mi canzonavano.
«È che voglio che il primo bambino che prenderò in braccio sia il mio, va bene?» mi giustificavo mentendo.
Un po' ero cosí io, un po' è che noi maschi, per quanto possa apparire terribile dirlo, veniamo educati anche a questo: ci insegnano fin da piccoli a fuggire, a stare attenti, quasi a difenderci dall'idea di una possibile paternità. In età giovanile le ragioni sono ovvie, a volte perdurano anche oltre. «Non potrai piú fare le cose che facevi prima» è solo una delle innumerevoli ombre che si allungano su ogni essere umano di sesso maschile, soprattutto se in

pieno trip di vita da scapolo: cene alcoliche con gli amici, serate al cinema, viaggi improvvisati all'ultimo, un lavoro sicuro in Comune e un orario comodo che mi consentivano perfino di continuare a coltivare le mie passioni, mi parevano questioni irrinunciabili. Quasi che diventare genitore rappresentasse una fine incombente, e non un principio. Quasi che un figlio arrivasse a toglierti risorse, invece che a fartene scoprire altre che nemmeno sapevi di avere.

Poi un giorno, a trentacinque anni, ti capita di diventare padre senza averlo previsto né pianificato, con una ragazza alla quale era sempre stato detto che, di figli, non ne avrebbe potuti avere mai. Succede e basta. Superati il panico e lo spaesamento iniziali, senti tutte le tue paure dissolversi come un Dalek in agosto, ed essere sostituite da altre tutte nuove.

D'un tratto, la tua paura non è piú quella dei limiti alla tua libertà, ma la tua libertà diventa una paura che senti non avere limite.

«Ovunque proteggi» dice una canzone di Capossela che parla di un amore finito, mentre quella nella tua testa parla di uno infinito e appena cominciato, l'unico «per sempre» che potrai mai pronunciare sentendo ch'è vero. Il fatto è che tu già sai che non potrai essere ovunque, non potrai esserci ogni volta, la vita ti ha messo di fronte all'ingiustizia definitiva e lo ha fatto con il tuo consenso.

Ho letto una volta, da qualche parte, che avere un figlio è come permettere al tuo cuore di andarsene per sempre in giro nel mondo, senza di te. Chi l'ha scritto però non ha detto che questo cuore potrebbe fermarsi mentre tu non ci sei, ed è quello che.

Avere figli confina con la paura piú grande di tutte: vedere la morte dentro la vita, fin da quel primo giorno. Il poeta Rilke diceva, nei *Quaderni*: «E quale bellezza malinconica nelle donne, quand'erano gravide e si reggevano in piedi, e nel loro grosso ventre, su cui giacevano d'istinto le mani esili, c'erano *due* frutti: un bambino e una morte. Il loro sorriso denso e quasi nutriente nel volto svuotato non scaturiva forse dal loro capire, talvolta, che i due frutti crescevano insieme?»

Se le donne lo sentono da subito, gli uomini lo scoprono in genere piú tardi.

Quando aveva solo quattro mesi, durante un pranzo a casa dei miei, Virginia ebbe un violento attacco convulsivo. Il viaggio in macchina verso l'ospedale fu un incubo, con la Opel lanciata a tutta nel traffico e Paola che stringeva a sé sul sedile posteriore una bambina che riusciva a malapena a respirare. Ancora oggi, non riesco a rammentare terrore piú grande.

Per un paio di giorni non si capí di preciso cosa avesse, se fosse grave e quanto. Smisi di parlare.

Le prime parole dette a Paola dopo due giorni di mutismo, furono: – Non passerà mai.

Il mattino in cui Virginia cominciò a stare meglio, provai un senso di gratitudine cosí profondo che era come fosse nata una seconda volta. In realtà, ero nato per la seconda volta io.

Quando tornammo a casa le scrissi una canzone, è tutta in Mi minore. Si intitola *Tu non vai piú via*, non l'ha mai sentita nessuno.

Parla di un cuore che se ne va in giro per il mondo mentre il suo battito lo insegue.

È scritta da un uomo che non voleva figli per una bambina che non poteva nascere, e invece la vita, per fortuna loro, se n'è battuta il cazzo.

Rosso

Sono stato.

Sono stato a lungo uno stronzo.
Nel corso della vita ho amato molto e sono stato, per mia fortuna, riamato, ma ho causato anche tanta sofferenza, spesso proprio a chi amavo di piú. Ho sottovalutato, ho tradito, ho perso, ho buttato via, ho trattato male donne che avevano l'unica colpa di voler superare i muri che mi ostinavo ogni volta a innalzare, per paura o per orgoglio, al punto che se potessi tornerei indietro a chiedere scusa, in ginocchio e a chi so io. Ma le scuse non cambierebbero, ormai, niente di niente. Non lo fanno mai. Questo per dire che ho avuto a lungo problemi sia con l'amare che, soprattutto, con il mondo femminile, anche con quello che abita dentro di me. Avere una figlia, poi due, poi tre, è stato in questo senso una specie di risarcimento e di salvezza insieme. Avere la possibilità di vedere tre piccole donne crescere, assistere a come si sviluppa e si arricchisce il loro sguardo sul mondo, come cambiano le richieste, le domande, i corpi, di bambine che diventano preadolescenti prima, poi ragazze e infine donne, e come tutto accada in una specie di spazio invisibile – che per quanto presti attenzione ti sembra sempre di esserti perso qualche pezzo – tutto questo è e sarà un vero privilegio. Mi piace vederle giocare ai finti fidanzati, travestirsi da principesse, da

Arlecchino, da supereroi, arrampicarsi sempre piú in alto sugli alberi, fare disegni col naso affondato nel foglio, col naso affondato nel naso che stanno disegnando. Assistere alla loro tenacia nel ricostruire quel che cade, si tratti di una torre di Lego crollata per troppa fiducia o di un'amicizia dopo un litigio a scuola. Sentirle interrogarsi sulla vita e sulle loro aspettative. Adoro ascoltare i primi discorsi sui «maschi», capire quanto hanno ragione o torto quando cominciano a considerarci, fin da piccole, una manica di insensibili codardi – e qui le ragioni sono piú dei torti, va detto. Oggi, se potessi tornare di nuovo dove dico io, amerei in modo diverso. Anzi oggi, spero, lo faccio, anche se sono sicuro che non sempre mi riesca. Ma, quando mi riesce, è soprattutto merito loro.

Le donne vengono definite l'altra metà del cielo, mi sono chiesto spesso il perché. Adesso so che è perché le donne non sono tanto la metà di cielo che ci manca, ma quella che ci mette in comunicazione con una parte di noi che troppo spesso ci neghiamo, e questa parte non sta né in cielo né in Terra, ma ben nascosta dentro, seppellita sotto tonnellate di stronzate. Per questo le donne non ci completano, ma ci cominciano, mentre noi uomini invece a volte le finiamo, ed è questa la vera tragedia.

Lo facciamo da sempre con quel che piú ci spaventa: la possibilità di diventare davvero liberi.

Baciarsi in cucina.

Stavo tornando a casa in auto, erano le sette di sera, ero in coda al semaforo dopo la galleria.

Guardavo come ogni volta la casa bianca di fronte, nascosta in parte dal grande abete sul davanti che sembra proteggerla come un fratello maggiore. La casa bianca ha sempre le finestre chiuse, le tapparelle abbassate, i muri esterni sono scrostati da anni, nella mia fantasia la casa è disabitata. Stasera, la portafinestra del balcone al primo piano era aperta. Dentro si intravedevano un uomo e una donna che si baciavano, appoggiati a quello che mi pareva essere il lavello della cucina. Si davano baci lunghissimi, incendiari, l'uomo abbracciava la donna, le stringeva i fianchi, la donna aveva un braccio attorno al collo di lui. Io li guardavo fermo al semaforo sentendomi un intruso, ma erano cosí belli, perfetti come un quadro, non riuscivo a smettere. Ho pensato che meraviglia, di venerdí sera le persone di solito escono, loro invece sono a casa a baciarsi in cucina. A un certo punto l'uomo è scomparso e la donna è uscita sul balcone, sola. Si è messa a guardare davanti a sé, adesso potevo vederla per intero.

La donna era senza il braccio sinistro.

Subito ho pensato che potesse averlo magari dietro la schiena, che fosse un'illusione causata dagli abiti, poi mi sono accorto che indossava una canottiera. L'uomo è riapparso, è uscito anche lui, aveva in bocca due sigarette accese. L'uomo e la donna si sono affacciati sul balcone a guardare giú, per un attimo ho avuto l'impressione che guardassero me dentro la macchina. La donna stringeva l'uomo all'altezza della cintura, col suo unico braccio. L'uomo la cingeva col braccio sinistro, la sigaretta a penzoloni a un lato della bocca, con la mano destra faceva fumare la donna. Le appoggiava delicatamente la sigaretta sulle labbra, lei aspirava, lui staccava la sigaretta, lei sbuffava il fumo. Poi ricominciavano.

Il semaforo è diventato verde, un tizio dietro mi ha suonato.

Mentre ripartivo ho pensato che, se l'amore si potesse riassumere in una fotografia, per me sarebbe questa.

Sbrfts.

– Ciao.
– Ehi, entra, vieni.
– Io, ecco.
– Che c'è? Non restare lí sulla porta. Entra, ho detto.
– Ti ricordi quella volta che siamo andati a Fumane ed era Pasquetta di sette anni fa e tu eri preoccupata perché Freddy era sparito nel campo e lo abbiamo cercato e cercato ma niente e allora tu mi hai detto lo aspettiamo finché non torna a costo di dormire qui e poi lui è tornato ma tu ti sei addormentata sulle mie ginocchia?
– Eh?
– Ti ricordi?
– Non ne sono sicura.
– Comunque, volevo dirti che io quel giorno mi sono innamorato di te.
– Come innamorato di me?
– Hai presente quando poi vai a casa e cerchi di non pensare a una persona e invece per quanto ti sforzi riesci a pensare solo a lei, e allora poi ti immagini cosa accadrebbe se d'un tratto quella persona – *puf!* – sparisse per sempre dalla tua vita e allora senti quella specie di dolore, di vuoto, proprio qui sotto lo sterno e allora cerchi di pensare ad altro, mangiare un panino, telefonare a qualcuno, ma ormai è tardi e quel dolore non se ne va piú e tu riesci a scacciarlo solo pensando intensamente al fatto che invece quella persona nella tua vita c'è ancora e speri che ci sarà per sempre?
– Calmati, respira.

– Però hai presente, vero?
– Sí.
– Ecco. Mi sono innamorato di te.
– Da Pasquetta.
– Sí.
– Quella Pasquetta.
– Sí.
– Sono passati sette anni.
– Sí.
– Smettila di dire sí. Perché me lo dici ora, perché me lo dici cosí, che ti aspetti che faccia?
– Niente, non voglio che tu faccia niente, trovavo solo giusto che tu lo sapessi.
– Perché?
– Perché sí.
– No, seriamente, perché non me l'hai mai detto prima?
– Perché se io ti avessi detto, sette anni fa, che mi ero innamorato di te, probabilmente saresti scomparsa dalla mia vita. E il mio non dirtelo è stata la maniera per farti rimanere.
– Dio, come odio queste cose.
– Quali cose?
– Quando gli altri vogliono decidere anche per te. Per esempio, hai mai pensato che magari pure io…
– No.
– No cosa?
– No, tu no. Non sei mai stata innamorata di me.
– E come lo sai?
– Certe cose si sanno.
– Io non lo sapevo che tu eri innamorato di me.
– Non lo sapevi perché l'amore, a volte, si può anche non capire. Ma solo chi è innamorato di qualcuno può capire il suo non amore.

- Ah, ecco. Che bello che dev'essere avere sempre tutto cosí chiaro. Ma quindi: perché oggi?
- Perché oggi cosa?
- Cioè, se tu sette anni fa pensavi che dicendomelo avresti rischiato che io scomparissi, che poi è una grandissima stronzata, perché dirmelo adesso? In base al tuo ragionamento, non correresti lo stesso rischio?
- No.
- E perché no?
- Perché oggi io non sono piú innamorato di te. Per questo posso dirtelo.
- Aspetta, aspetta.
- Aspetto.
- E perché oggi non piú?
- Cosa importa?
- Ma niente. È solo.
- È solo?
- Eddài, cazzo, mi fai sentire come se avessi avuto una storia con te e fossi stata lasciata tutto nel giro di cinque minuti!
- Hai ragione, scusa.
- E quindi? Perché?
- Perché oggi sono innamorato di un'altra.
- Evviva! E almeno stavolta lei lo sa?
- Sí.
- La conosco?
- Sí.
- È Ketty, vero? Io tifo per Ketty.
- No.
- Allora chi è?
- Tu.
- Mi stai prendendo per il culo?

– No. Il fatto è che ho smesso di essere innamorato di quella ragazza di sette anni fa. Oggi mi sono innamorato della donna che sei diventata.
– Ma... ma...
– Quindi ecco: ti amo.
– Senti.
– Non dire niente.
– Ma ti rendi conto di come mi fai sentire?
– Amata?
– In colpa.
– E tu ti rendi conto di come mi fai sentire?
– Non corrisposto?
– Vivo.
– Senti... guarda. Io penso sia meglio che, a partire da adesso, per un po' non ci vediamo piú.
– Eh?
– Dico davvero. Devo fare i conti con questa cosa.
– Cioè, stai dicendo che dopo sette anni sta per concretizzarsi la mia piú grande paura? Solo perché ho finalmente trovato il coraggio di dirti la verità?
– No. Ti sto dicendo che non puoi pretendere di gestire le reazioni e i sentimenti degli altri. E tu mi hai nascosto i tuoi. Per sette anni. E io in questo momento sono cosí incazzata con te che, fidati, non puoi capire.
– Io non ti ho nascosto niente, sei tu che non te ne sei mai accorta.
– Ah ecco, pure scema, adesso.
– Senti, la questione è semplice: io non pretendo che tu mi ami, ma tu non puoi pretendere che io smetta. Devo citarti tutti gli amori non corrisposti nella storia dell'umanità?
– Non me ne frega un cazzo della storia dell'umanità, m'interessa solo della nostra.

– La nostra?
– Sí.
– Non capisco, la nostra in che senso?
– Nel senso che non è possibile che due siano cosí rincoglioniti e introversi da amarsi in segreto per sette anni, senza che nessuno dei due si accorga mai di niente.
– Eh?
– Eh.
– Ma non è vero! Cioè... vuoi dire che...
– Voglio dire che.
– *Sbrfts.*
– Scusa?
– Niente, credo che per un secondo il sangue abbia smesso di affluirmi al cervello.
– Non penso farà danni piú di tanto.
– No... seriamente... ma io non ci credo. Vuoi dire che abbiamo perso sette anni solo perché siamo due imbecilli?
– No, sto dicendo che li abbiamo persi perché l'imbecille sei tu.
– Ecco.
– Ma non potevi baciarmi quella sera a Pasquetta, mentre io facevo apposta finta di dormire sulle tue ginocchia? O in una qualunque delle volte che mi hai accompagnata a casa in macchina e io facevo finta di non riuscire a trovare le chiavi nella borsa?
– Finta?
– E il bello è che credi pure di sapere tutto, tu e le tue puttanate filosofiche.
– Cioè, finta?!
– Comunque, a guardarla bene, un lato positivo c'è.
– Dimmelo, ne ho bisogno adesso.
– Le coppie di solito hanno tutte la crisi del settimo

anno. Noi invece, pensa che culo, partiremo direttamente da quella.
– Aspetta. Stiamo per avere una crisi?
– Se non entri subito, sí.

Apnea.

Quando iniziarono i problemi veri, il sesso divenne il paradigma di tutto quanto.

Piú le cose tra me e Chiara non andavano – piú aumentavano i rancori e le piccole incomprensioni – e piú lo facevamo, in un perverso tentativo di non allontanarci troppo. Era come stare sull'orlo di un precipizio e sentire la mano dell'altro scivolare lentamente via dalla propria, la sensazione era tremenda. Allora cercavamo di stare avvinghiati il piú possibile, per evitare che anche i nostri corpi cominciassero a sentirsi estranei, non volevamo dar loro la possibilità di separarsi come avevano fatto le nostre teste.

Eravamo sospinti solo dalla volontà, non dal desiderio. Era una sessualità autoinflitta che subivamo e ci faceva sentire quasi violati, uno stratagemma per accorciare le distanze. Imparammo presto che meno lontano non vuol dire piú vicino. Ma, almeno in questo, eravamo di nuovo insieme.

Poi a Chiara accadde qualcosa. Iniziò a vivere il sesso in maniera schizofrenica. Si negava per settimane, mi proibiva il suo corpo per lunghissimi giorni estenuanti nei quali facevamo finta di niente. Poi senza alcun preavviso o movente mi svegliava di notte, mi afferrava per i capelli e mi attirava a sé premendo la bocca sulla mia e insinuando la lingua con violenza in baci roventi, senza respiro.

Si immergeva sotto le lenzuola e me lo prendeva in bocca, se lo spingeva in gola fino quasi a strozzarsi. Ma non appena accennavo a rispondere lei si ritraeva improvvisa, quasi fosse la mia passività notturna a eccitarla e temesse invece la mia iniziativa.

Non saprei dire che cosa di preciso iniziò ad allontanarci. Non c'è mai un motivo identificabile con esattezza. A un certo punto sentimmo una specie di accelerazione, una forza centrifuga che ci faceva sbattere contro le mura del nostro rapporto. Nei primi tempi di una storia d'amore le orbite si incrociano e si precipita l'uno verso l'altro, velocissimi, senza rendersi conto che lo spazio attorno si restringe inesorabile, si chiude addosso come una conchiglia. Quando ci si risveglia e si tenta di recuperare un pezzettino del proprio sé ci si accorge che non c'è piú spazio, è finito l'ossigeno. Ci si divincola goffamente e d'un tratto si vede nella presenza dell'altro un impedimento, una restrizione al nostro muoverci. Una sorta di apnea.

Forse avremmo dovuto lasciarci già allora, ma eravamo entrambi convinti che andarsene fosse una scelta vigliacca, avrebbe significato arrendersi all'evidenza che non ci rendevamo felici. Stare insieme manteneva accesa la speranza. Eravamo entrambi convinti che separarsi fosse una scelta troppo facile, mentre scegliere di restare fosse molto piú difficile e per questo piú autentico. Ma restare presuppone una fiducia visionaria, la capacità di sentire che le cose domani non saranno solo diverse, ma migliori. Noi invece vivevamo sprofondati nella palude del nostro eterno presente senza prospettive, che ci trascinava giú nelle sue acque fangose. Avevamo un solo salvagente, che ci lanciavamo a vicenda quando uno dei due vedeva che l'altro stava andando a fondo troppo in fretta. Era un amarsi disperato con le unghie e con i denti, contro tutto e contro

tutti, anche contro l'amore stesso. Un patto siglato con il sangue che Chiara a un certo punto decise di tradire e io, semplicemente, non glielo perdonai.
– Scendo qui, – disse il giorno in cui ci lasciammo.
– Quindi è stato solo un passaggio, – dissi.
Era cosí.

Quel che serve.

Certi giorni sembra che vada tutto bene, poi invece no.
Basta un attimo, lo scarto di un centimetro, uno sguardo troppo lungo, una parola detta troppo in fretta, la telefonata sbagliata, una risposta che non arriva. Capisci che la giornata è andata quando realizzi che della risposta che non arriva non t'importa piú niente, cosí come della telefonata sbagliata, cosí come della parola detta in fretta. È lo sguardo troppo lungo che. Gli sguardi hanno una misura specifica, non dovrebbero essere né troppo lunghi né troppo corti, proprio come i silenzi, gli sguardi sono come il Sol diesis che becca Veloso quando canta *cómo sufría por ella | que hasta en su muerte la fue llamando*. Ecco, lí non c'è di piú o di meno o ci somiglia o quasi o troppo poco, è quella roba lí e basta. Per questo gli sguardi piú belli sono quelli che ci si scambia a occhi chiusi, magari dopo una giornata difficile, perché a occhi chiusi il tempo giusto lo becchi sempre. Per questo in certi giorni bisognerebbe solo spegnere la luce e fidarsi di non vedere piú niente, come un vecchio cieco seduto su un sasso mentre ascolta il rumore del fiume, prendere il ritmo dell'acqua, tenere il suo, regalargli il nostro, andare a tempo con quel che c'è, sentire che è tutto quel che serve.

No.

Ci sono questi due ragazzi che si baciano al binario 7. Il ragazzo moro pressa il ragazzo biondo con foga adolescenziale contro il distributore automatico di bevande, ha la mano sinistra appoggiata proprio sotto la scritta «caffè lungo». La destra la tiene davanti al viso del ragazzo biondo ma senza toccarlo, quasi a far da paravento. In quel settore del binario, oltre a loro due, ci siamo solo io e una ragazza alta con un cappotto verde troppo corto, che si soffia nelle mani per il freddo. Si avvicina una signora anziana trascinando un trolley che fa un rumore terribile, si ferma a un passo dai ragazzi che si baciano, li fissa, il ragazzo biondo se ne accorge e allontana piano il ragazzo moro spingendolo per le spalle, come a dirgli: «Aspetta».

I ragazzi e la signora si scambiano un'unica occhiata, lunghissima.

La signora che esplode in un: «Viva l'amore sempre!», i ragazzi che le sorridono, la ragazza alta col cappotto verde che smette di soffiarsi nelle mani, la signora che accenna un inchino d'altri tempi, si allontana col suo trolley e i ragazzi che ricominciano.

La signora dice invece: – Va' che schifo! Invertiti! Ma non vi vergognate? – con una voce che non diresti possa uscire da un corpo così esile.

Il ragazzo biondo fa per rispondere, ma il ragazzo moro gli tappa la bocca con una mano, con l'altra lo prende per la manica del giaccone e gli fa un cenno col mento come a dirgli: «Andiamo via, non ne vale la pena». Io penso che ne varrebbe la pena eccome, però decido di rispettare la loro scelta e mi mordo la lingua, l'altoparlante annuncia l'arrivo del treno.

Vedo i due ragazzi in fila per salire parecchio piú avanti, la signora si avvicina all'ingresso del suo vagone, è lo stesso mio, penso: vedi? Era destino, non si sfugge alla propria pavidità. Davanti a noi c'è la ragazza alta col cappotto verde troppo corto, preme il pulsante di apertura della portiera del Frecciargento. Sento la signora chiederle:
– Mi darebbe una mano con la valigia?

La ragazza alta col cappotto verde si gira, le si avvicina a pochi centimetri dalla faccia, le sorride, le dice: – No, – e si capisce che sta rispondendo a due domande insieme. Quella rivolta a lei adesso e quella rivolta ai due ragazzi prima, come se la riguardassero entrambe.

La ragazza alta col cappotto verde scompare sul treno, la signora urla qualcosa sui giovani, si gira verso di me, sembra sul punto di farmi una domanda, le sorrido anch'io.

I segni.

– Allora, com'è 'sta ragazza?
– Guarda, è pazzesca, non ho mai conosciuto una cosí.
– Addirittura.
– Ti giuro.
– Ma tipo? Che fa? Che fa?
– E che fa.
– E che fa?
– Ma niente. È solo che è brillante, intelligente, sottilmente ironica, poi regge l'alcol da Dio. E poi, cazzo.
– E poi?!
– Cioè, capisce le battute, ma al volo proprio, è una cosa fuori dal mondo.
– Oddio, non mi pare cosí incredibile, ce ne sono di ragazze che...
– No, aspetta, non ci siamo intesi: capisce le MIE.

– Non ci credo.
– Ti giuro. Ma non solo le capisce. Ci ride di gusto, ma a crepapelle proprio. Sai quelle che ridono in quel modo che ti fa sentire piú uomo? Poi le freddure le prende, le rielabora, me le restituisce perfino migliori.
– Va be', però se ride alle tue allora è cotta proprio, eh.
– È un segno, vero?
– Senza dubbio. Cioè, i segni sono i segni.
– Cazzo, lo sapevo.
– E fammi un esempio, cristo.
– Ma che ne so, tipo, se io le dico: «Lo sai perché l'arancia non va mai a fare la spesa»?
– Perché mandaRino. Ma la sanno pure i sassi, dài, perfino quelli del secolo scorso.
– Eh, appunto. Invece lei poi te la ri-racconta a modo suo e la trasforma, non so come dire. In *arte*.
– In arte?
– In arte.
– Scusa, adesso mi spieghi come riesce a diventare arte un'arancia che va a fare la spesa.
– Allora, tu fai finta di non conoscere la risposta, ti dico la sua versione, okay?
– Okay.
– Sai perché l'arancia non va mai a fare la spesa?
– No.
– Perché manda mandarino.
– …
– Cioè, perché manda mandarino, capisci? Ha questa capacità di uscire dalla prevedibile banalità del gioco di parole, e restituire dignità al semplice agrume che si sottrae al ruolo imposto nel lineare umorismo di strada per diventare… ma aspetta, senti, senti quest'altra variante sua. Senti, eh, sei pronto?

– Non ne sono sicuro.
– Sai perché l'arancia non va mai a fare la spesa?
– N-no?
– Perché manda caco.
– ...
– Cioè, manda CACO, capisci? Se ne frega pure della corrispondenza semantica del meccanismo comico, ribelle alla convenzione della *stand-up comedy*, per sfociare nel puro surrealismo lirico, dimmi te se questa non è una donna libera sul serio.
– Oh.
– Eh.
– Tu sei cotto fracico.
– Ah, dici?
– Sí sí, ma senza dubbio proprio.
– Ma dici per i segni?
– Direi che ci sono tutti. Cioè, i segni sono i segni.
– Cazzo, lo sapevo.
– Comunque senti.
– Dimmi.
– Tette?
– Ma che c'entra.
– Eddài, su.
– Ma non mi va!
– Ti tiro un coppino?
– Enormi.
– Cazzo, lo sapevo. I segni non mentono mai.
– Eh.
– E poi insomma, alla fine una cosa bisogna riconoscerla.
– Cosa?
– Quella del caco fa davvero un sacco ridere.

L'agricoltore africano.

C'è un agricoltore africano che scava la terra.
Ha braccia magre e stanche. Mani che sanguinano. Le mani scavano una buca profonda. Nella buca appare un vecchio baule. Dal baule esce uno gnomo. Lo gnomo dice all'agricoltore che può esprimere tre desideri, e lui li realizzerà. L'agricoltore ci pensa bene. Dice: Un buon raccolto. Braccia piú forti per seminare il suo campo. Indugia sul terzo desiderio. Vorrebbe chiedere di essere felice e invece chiede: Di avere altri mille desideri da esprimere. Lo gnomo acconsente.

Il campo dell'agricoltore diventa di colpo rigoglioso. Le sue braccia toniche e muscolose. La sua testa ricolma di mille nuovi desideri, pronti per essere esauditi. Comincia a esprimerli uno a uno. Le cose compaiono semplicemente nominandole. Le braccia muscolose non gli servono piú a niente. Il campo non piú coltivato va pian piano in rovina.

Arriva presto il tempo del desiderio numero mille. L'agricoltore, che non è piú agricoltore, vive in una bella casa, gode di perfetta salute, ha una meravigliosa donna che lo ama, ci pensa molto bene. Adesso voglio essere felice, dice l'agricoltore. Lo gnomo acconsente.

C'è un agricoltore africano che scava la terra.
Ha braccia magre e stanche. Mani che sanguinano. Le mani scavano una buca profonda. Nella buca appare un vecchio baule. Dal baule esce uno gnomo. Lo gnomo dice all'agricoltore che può esprimere tre desideri, e lui li realizzerà.

L'agricoltore dice Scansati, devo piantare un albero.

A soreta.

Avevo da qualche mese firmato il piú grosso contratto di tutta la mia carriera fumettistica, per un grande editore francese. Si parlava di una serie in cinque volumi, nella quale sarei diventato l'erede di un noto disegnatore realistico d'Oltralpe. Avevo cominciato in ritardo a disegnare il primo volume, e questo è colpa mia, ma ogni disegnatore professionista sa che quando ti dicono: «Hai un anno di tempo», i primi tre mesi se ne vanno di default. Recuperai velocemente il tempo perduto, arrivando a quota venticinque pagine finite su quarantasei previste, con consegne mensili regolarissime, grandi complimenti da parte dell'editor, prodigo di *superbe!*, in ogni mail che ricevevo dalla Francia. Il giorno prima che Paola partorisse inviai al mio editor francese un garbato messaggio che diceva, piú o meno: «Scusate, domani diventerò padre per la terza volta, mi prendo una decina di giorni per godermi la nuova nata e rendermi utile con la mia compagna, quindi questo mese vi manderò tre pagine invece delle solite cinque, il mese prossimo recupererò mandandovene sette, okay?» La risposta arrivò che ero in ospedale, Melania aveva all'incirca due ore di vita e dormiva in braccio a Paola. Il messaggio diceva, piú o meno: «Col cazzo. Tanti auguri per la tua nuova nata ma: o rispetti le consegne, o ti togliamo il lavoro, italién che non sei altro. Che ci rispondi adesso?» Io sorrisi, mi appartai in un angolo della stanza, Paola mi chiese: – Cos'hai? – io le dissi: – Niente, – poi digitai un messaggio che diceva, piú o meno: «A soreta» e persi il contratto e i cinque volumi in un amen.

Da quel giorno io so due cose con incontrovertibile certezza, su cui cerco di fondare tutte le mie scelte.

La prima è: ogni carriera o percorso lavorativo non li costruisci tanto con i tuoi «Sí», ma lo definisci soprattutto con i tuoi «No».

La seconda è: ci sono alcune questioni che per me verranno sempre, sempre, sempre prima di tutto. Le chiamo questioni perché sono in effetti vere domande, ciò che ti spinge a chiederti ogni giorno chi vuoi scegliere di essere.

Una delle mie domande sta tornando dall'asilo adesso, oggi è il suo compleanno, la mia risposta per questo giorno avrà da qui in poi il gusto di una torta gelato, il suono del karaoke che la mamma le ha regalato perché ci è capitata in sorte una figlia canterina, la luce di un pomeriggio al sole insieme anche se 'sta congiuntivite mi sta uccidendo, per tutto il resto a soreta.

L'amore ai tempi della Lazio.

Roma, sabato mattina, alla fermata della metro c'è un tizio che parla al telefono gesticolando.

– E certo che te amo, amo'.

Pausa.

– T'ho detto che te amoo!

Pausa.

– Ennò, questo però è approfittasse. Nun ce vengo domenica dai tuoi.

Pausa.

– None!

Pausa.

– E perché nun me va, e poi tu padre è da'a Roma.

Pausa.

– Ma che c'entra, è 'na brava persona sí, ma poi me fa 'e battutine sue pe' provocamme, 'o sai come fa, e daje su.

Pausa.
– No amo', sei te a non capi'. L'amore vero è come 'a Lazzio, nun je devi caca' 'r cazzio!

Vivere in difesa.

Sul treno per Lecce, di fronte a me, sta seduta una ragazza. Ha l'aria timida, introversa, gli occhi velati da una sottile malinconia, le cuffie dell'iPod affondate nelle orecchie e al polso sinistro un braccialetto argentato da cui spunta un piccolo cornino rosso. Ha una lunga cicatrice che le percorre il collo, proprio all'altezza della gola, che non riesco a smettere di fissare. Sta facendo tutto il viaggio perfettamente composta, con le braccia conserte, a tratti prende a leggere un libro dal titolo bellissimo, *L'arte di vivere in difesa*, che nella mia immaginazione ne rispecchia il carattere. Ogni tanto sbadiglia, quando lo fa guarda fuori dal finestrino. In tre ore di viaggio non abbiamo scambiato una parola. Io avrei voglia di parlarci, chiederle perché sembri triste, oppure è solo stanca, vorrei dirle che io ho vissuto in difesa per la maggior parte della mia vita, ma non mi è servito a un cazzo, non mi ha protetto da niente, che le cose hanno cominciato ad arrivare solo quando ho scelto di correre i miei rischi. A quel punto lei mi direbbe dei suoi, e magari mi racconterebbe della cicatrice. Ma non me la sento di violare la sua riservatezza, né di sembrare un vecchio che vuole attaccare bottone, e poi è bello anche solo guardarla e immaginare per lei vite possibili. D'un tratto fuori dal finestrino il mare sorprende entrambi, come un'apparizione. La ragazza prende il telefono e inizia a scattare foto a raffica, ne faccio un paio anch'io con l'iPad, i nostri sguardi si incrociano per una frazione di secondo. I suoi occhi tristi adesso sembrano meno tristi, mentre smanetta coi tastini del telefono le spunta addirittura un mezzo sorriso. Magari sta mandando la foto al suo innamorato, a qualcuno che ama, penso. Magari sta sentendo la tristezza che la abbandona poco per volta come un maglione troppo pesante, mentre sta finalmente tornando a casa, alla sua vita in maniche corte.

Magari le piace solo fotografare il mare.

E se poi.

– E se poi ci odieremo?
– Una mattina andrò al lavoro e non tornerò.
– Ma tu lavori in casa.
– Allora andrò a prendere le sigarette.
– Hai smesso!
– Allora vorrà dire che ti amerò e basta.

La quarta volta.

Per il ragazzo era la prima volta, per la ragazza invece no.

Era pomeriggio, era domenica, era estate, la luce filtrava dalle persiane socchiuse dipingendo strisce oblique sul muro, in sottofondo andava una canzone di Battisti.

Durò tutto tre secondi o poco piú, perché nelle questioni d'amore contano anche i millesimi.

Il ragazzo si giustificò dicendo scusa, era molto che non lo facevo. Era vero. Per la precisione erano diciannove anni, un mese, diciassette giorni e cinque ore. La ragazza disse non fa niente, e lo accarezzò sulla testa. Come un cane, pensò lui, ma non lo disse.

La seconda volta fu dopo neanche mezz'ora, e andò meglio, perché riuscirono ad ascoltare «Motocicletta tutta cromata» di Battisti quasi fino al punto in cui fa «è tua se dici sí». La ragazza poi gli accarezzò la pancia, facendo con l'indice ampie spirali attorno al suo ombelico. Gli faceva il solletico, ma lui non disse niente di nuovo.

La terza volta fu la sera. Mangiarono a letto, i piatti restarono sulle lenzuola, mentre lui si muoveva su di lei il rumore delle stoviglie che sbattevano li faceva un po' ridere.

La quarta volta fu in macchina, poco dopo averla accompagnata a casa, o meglio poco prima. Si fermarono in auto quasi sotto il portone di lei, qualche metro piú avanti, lei lo baciò, lui ricambiò il bacio, lei senza dire niente gli sbottonò i jeans e salí sopra di lui scostandosi appena la gonna, lui era talmente preoccupato che qualcuno potesse vederli che fu record, sembrava non finire mai, la ragazza si bagnò d'un colpo sopra di lui, fu come se avessero bucato un palloncino pieno d'acqua. Lui subito pensò cazzo i pantaloni, poi cazzo il sedile della macchina di mia mamma, poi pensò cazzo e basta. Gli sembrava di sciogliersi dentro di lei, sentire col corpo di lei, vedere con gli occhi di lei, toccare con le mani di lei. Allora è questo l'amore, pensò, non capire piú dove si comincia e dove si finisce.

La macchia non venne mai via, lui raccontò che era stato un burrocacao lasciato in auto al caldo, coi finestrini chiusi, che si era sciolto sul sedile. Aveva sempre pensato che, se almeno metà di una bugia che racconti è verità, allora tutto sommato non stai mentendo, e i finestrini chiusi e il caldo c'erano stati.

La cosa del burrocacao gli successe davvero qualche estate dopo, sul sedile del passeggero della Fiesta nuova. Gli amici, quando salivano in auto per sedersi, gli lanciavano ogni volta lo sguardo da eh?, vecchio marpione, qualcuno gli diceva che schifo, e lui si vergognava perché sapeva che non era andata come pensavano, era stato sul serio il burrocacao abbandonato e scioltosi dopo sei ore in un parcheggio a quaranta gradi.

Di quella sera in macchina invece non si vergognò mai, né per la macchia sul sedile, né per il Gino che dalla finestra li aveva visti, né per avere pianto davanti a lei, con gli occhi di lei, le mani di lei, il corpo di lei, che per pochi attimi erano stati anche i suoi, per questo non c'erano state mezze verità, per questo sapevo che era stato tutto vero.

Qui, adesso.

Ho la febbre. Avevo pensato a un weekend di lavoro e invece sto male. Me ne frego e lavoro uguale. Lavoro quasi meglio, perché la febbre mi trasporta in una dimensione ovattata e sospesa. Gli occhi bruciano ma tanto ho il collirio e poi, penso, la miniera è di sicuro peggio. Fuori c'è un tempo cosí. Il cielo è grigio brillante e il giardino immerso in quest'aria londinese sembra piú verde. La pioggia sottile fa un rumore violetto. C'è un leggero vento da est che scuote appena le foglie. Dell'estate mi mancano solo le cicale. Amo come il loro frinire sia in grado di creare un vuoto perfetto. I giapponesi nei fumetti hanno un'onomatopea per definire il silenzio. *Shiin* è il rumore che fa il silenzio assoluto. *Potsupotsu* è il rumore della pioggia. *Mīnmīnmīn* è il verso della cicala. *Gakkuri* il rumore della malinconia. *Nikoniko* il suono del sorriso.

Se ci fosse una parola per tutte queste cose insieme la userei per definire qui, adesso.

In mezzo scorre il fiume.

A mio padre avevano commissionato un quadro.
Gliel'aveva commissionato il Piero.
Il quadro doveva rappresentare una casa sul torrente, è la casa in cui dopo quasi cinquant'anni la Nerina e il Piero erano riusciti ad andare a vivere insieme.
In un luogo che non appartiene alla mia memoria, se non per i racconti dei miei genitori, la Nerina e il Piero s'incontrano in un piccolo borgo del Trentino, non sono neanche ventenni. Sono gli anni Quaranta del secolo scorso, l'Italia è entrata in una guerra che ha portato carestia e fame anche lassú, ma la Nerina e il Piero sono gente di montagna, abituata a inverni rigidi e a sopravvivere con quel che c'è.
Il Piero, il giorno in cui vede la Nerina per la prima volta, sulla mulattiera che scende dal bosco, se ne innamora subito. Comincia a farle un filo garbato, che la Nerina accoglie con la pudicizia tipica delle donne di quegli anni, e che non va oltre un gioco di sguardi fugaci quando s'incrociano mentre la Nerina va per legna – il Piero invece per funghi – o di brevi sorrisi in chiesa durante la messa.
La Nerina abita con i genitori giú al torrente, hanno una casa proprio sulla riva. Il Piero tutti i giorni scende e si mette sulla riva opposta, spera di vedere la Nerina alla finestra. Quando ci riesce, il Piero alza appena la mano, la Nerina invece gli sorride e basta, mentre con le dita scosta di poco la tenda a fiori.
Arriva presto il giorno in cui il Piero deve partire per la guerra.
Passa il tempo, troppo, la guerra finisce, del Piero non si hanno piú notizie. Viene dato dapprima per disperso, poi morto.

Quando il Piero torna al paese, piú di cinque anni dopo, ha un solo pensiero in testa: andare dalla Nerina, dirle che è vivo, raccontarle perché. Scende giú alla casa sul torrente, sale le scale cercando di trovare le parole, ma quando bussa alla porta, prima piano, poi forte, non si aspetta che ad aprirgli sia un uomo che non conosce. Scopre cosí che i genitori della Nerina non ci sono piú e che la Nerina, mentre il Piero era in guerra dato per morto, si è sposata con uno.

Al Piero, d'un tratto, sembra quasi di essere tornato per niente.

Dura poco, che il Piero è un montanaro temprato dal ghiaccio e dai boschi e non è abituato a perder tempo a commiserarsi. Non si arrende, prende la sua decisione.

Il Piero si costruisce una casa di legno e pietra a secco sul torrente, proprio di fronte a quella della Nerina, ma sulla riva opposta. Cosí potrà starle vicino e vederla tutti i giorni dalla finestra, senza che a qualcuno sembri che. Quando succede, il Piero alza la mano appena, come a dirle «son sempre qui», ma la Nerina adesso non gli sorride piú, che sorridere da maritata non sta bene.

Qualche anno dopo si sposa anche lui, perché il Piero è alla fine uno pratico, come tutta la gente di montagna e, soprattutto, vuole comunque dei figli.

Il Piero e sua moglie hanno tre bambine. La Nerina, invece, aggiunge ai due figli già avuti col marito altri tre bambini presi in affido, orfani di guerra, perché suo papà le ha sempre insegnato che dove si mangia in quattro si mangia anche in cinque, e la Nerina ha pensato che in fondo anche in sei, in sette o in otto facesse poca differenza.

Nel '66 al paese arriva l'alluvione, la stessa che poi flagella Firenze e gran parte dell'Italia.

Il torrente sul quale si trovano le case speculari della Nerina e del Piero è un affluente dell'Avisio, a sua volta affluente dell'Adige, e viene in poche ore investito da una massa d'acqua infinitamente superiore alla sua portata. La casa del Piero viene spazzata via, quella della Nerina invece resiste. Mezzo paese non c'è piú, il Piero è riuscito per miracolo a salvare le figlie che dormivano in soffitta, dopo il disastro la moglie gli dice che non vuole restare a vivere lí, non è sicuro per le bambine.

Il Piero acconsente e compra un appartamento in città, vi si trasferisce con la famiglia.

La vita prende presto il sopravvento e della Nerina, poco a poco, il Piero non sa piú nulla. Alla finestra, ormai, la vede solo nei suoi sogni.

Passano gli anni, le figlie crescono, la moglie del Piero un giorno si ammala.

Il Piero rimane vedovo in una notte di dicembre. Le figlie abitano tutte fuori casa, due sono già sposate, lui si ritrova improvvisamente da solo in un appartamento in città che non ha mai percepito come suo. Il Piero ha quasi settant'anni, li sente per intero sulla schiena, pensa di vendere tutto e tornare a vivere al paese. Le figlie tentano di dissuaderlo, gli dicono che sarebbe poco pratico, ma il Piero pensa che della praticità, ormai, non gli interessa piú niente.

Quando sale di nuovo al paese sono passati oltre vent'anni. Il Piero è alla ricerca di un alloggio da comprare, gli basterebbe anche una casetta, due stanze soltanto per lui, decide di chiedere al bar della Giusta. È lí che riceve la notizia.

– La Nerina l'è restà vedova doi mes fa, no t'el savevi mia? Adèss la sta da sola, là giò nella casòta sulla riva, – gli dice la Giusta.

Il Piero non finisce nemmeno il vino, esce dal bar, scende al torrente, la casa della Nerina alle finestre ha ancora le stesse tende a fiori che ricorda lui.

Sale le scale cercando di trovare le parole, bussa prima piano, poi forte.

Stavolta, ad aprirgli è la Nerina. Il loro primo bacio ha per sottofondo il suono della stessa acqua che li teneva distanti e che ha rischiato di dividerli per sempre.

La Nerina e il Piero vanno a vivere insieme subito, nella casa sul torrente di lei, si sposano poco dopo. Qualcuno dice che forse avrebbero potuto fare con piú calma, ma la Nerina e il Piero pensano che una guerra, due matrimoni e otto figli siano stati un'attesa sufficiente. Alla vita hanno dato tutto quel che avevano, ora è tempo che la vita restituisca qualcosa che sia solo per loro.

I miei genitori, in quel periodo, hanno appena comprato una casetta lí vicino. Mio padre conosce il Piero al bar della Giusta, fanno amicizia, quando il Piero scopre che mio padre è un pittore gli vuole commissionare un quadro. Il quadro dovrà rappresentare la concretezza del sogno suo e della Nerina, finalmente realizzato.

Mentre mio padre lo dipinge, sulla riva del torrente, in una mattina d'autunno, si lamenta a voce alta della tettoia per la legna che gli rovina in parte il punto di vista. Il Piero decide di demolirla, vuole che il quadro sia perfetto. Mio padre lo ferma giusto in tempo e gli spiega che non è necessario, lui nel quadro può aggiungere o togliere quel che crede. Ci metterà solo le cose importanti, lo rassicura.

Il Piero, a questo proposito, ha un'unica richiesta.

La Nerina e il Piero sono morti qualche anno fa, il dipinto sta ora nella casa di uno dei figli adottivi della Nerina, ogni tanto mio padre lo incontra lungo la mulattiera che porta al bosco, quando capita si sorridono senza dire niente, quasi custodissero un piccolo segreto.

Nel dipinto è primavera, la tettoia non c'è, si vede invece una ragazza di neanche vent'anni che sorride affacciata alla finestra di una casa sul torrente, le dita che scostano appena la tenda a fiori.

Il punto di vista è quello degli occhi del Piero.

Mentre guardi la Nerina, per un attimo ti sembra di essere lui.

Va bene.

In questi giorni in cui sto lavorando come uno scemo, vivo murato giú in studio con un cane sui piedi, tre bambine che mi corrono sulla testa, una compagna paziente che mi sopporta. Quando salgo al piano di sopra, vivo con una bambina buttata addosso, altre due che mi chiedono continuamente cose, una compagna indulgente che mi supporta. Quando le bambine si addormentano e Paola deve partire, tipo stasera, vivo aspettando i suoi ritorni, se capita il contrario lei fa lo stesso con i miei.

Una volta qualcuno ha scritto che la vera felicità non consiste nell'avere ciò che si desidera, ma nel desiderare ciò che si ha. Amare quel che hai nel momento in cui c'è, perché dopo nella vita siamo sempre bravi coi rimpianti, mentre ci struggiamo nostalgici a rimirare il passato come se avessimo subito un'ingiustizia, e invece abbiamo fatto tutto da soli, quando quel passato era quel che c'era e lo davamo per scontato perché magari non ci pareva abbastanza.

Una cosa che ho capito è che la vita ci dice tutti i giorni solo: eccomi, sono questo. Sono un cane sui piedi, sono una bambina buttata addosso sul lettone mentre le altre due ti dormono di fianco, nel posto della mamma, quattro cuori che battono negli stessi quattro metri quadrati, un metro a cuore, sono una compagna stanca che torna nella notte e vuole sapere delle bambine, del cane sui piedi, siete voi due che le posate delicatamente nei loro letti e lei che ti chiede se vuoi un gelato alla fragola.

Tu rispondi: «Va bene», come se fosse la risposta a tutte le sue domande.

Lei ti dice: «Va bene», ed è la risposta a tutte le tue.

La sindrome premestruale.

Come si riconosce una sindrome premestruale:
– Che cos'hai?
– Niente.
– Sei arrabbiata con me?
– Sí.
– E perché?
– Niente.
Come si riconosce una sindrome post-mestruale:
– Oggi sei stato molto gentile con me.
– Sul serio? A me sembra di essermi comportato come al solito.
– No, no, sei pazzo? Magari fossi sempre cosí!
– Addirittura? Ma scusa, cos'ho fatto?
– Niente.
«Niente» può essere la chiave del paradiso o dell'inferno. Cosa li separi, nella testa di una donna, di preciso non l'ha mai compreso nessuno.

Gli uomini no di sicuro.

Loro non capiscono. Niente.

Il sogno.

Tutto questo era nel mio sogno di stamattina, forse non nell'ordine in cui lo sto raccontando.

C'è nel sogno una donna. La donna ha i capelli rossi. Ha guance pallide e labbra grandi e sbiadite. La donna coi capelli rossi mi tiene la mano destra e mi parla. Siamo seduti al tavolino di un bar. Fra noi, due bicchieri e una piccola ciotola celeste. Può essere Barcellona o Lisbona o Napoli. Una città di mare. La luce è bella. Il sole che entra dal vetro fa brillare i capelli rossi della donna. Non ricordo le sue parole, ma la sensazione è quella di un addio. La donna mi fa una carezza sulla guancia. Si alza ed esce. Io resto seduto. Mentre la osservo allontanarsi provo un'indicibile nostalgia. Mi fa male il viso. Me lo tocco con la mano. La mano percepisce sulla faccia una piccola cicatrice in rilievo. Mi osservo nel riflesso della vetrina. Il mio volto sembra un vaso incrinato, percorso da piccole crepe a serpentina. Anche la mano. Anche le braccia. Mi getto a rincorrere la donna, attraverso la strada senza guardare e un'auto mi manca per un pelo. Quella dopo mi centra. Volteggio nell'aria – percepisco forte la sensazione della giravolta – cado sull'asfalto e mi rompo in migliaia di piccoli frammenti di coccio, come un puzzle o un mosaico o le squame della pelle di un serpente. Non capisco perché, ma sono vivo. Sono a pezzi ma respiro. Steso al suolo, mi viene in mente la frase di Whitman: «Contengo moltitudini». Rido. Nel riflesso di frammento vedo la donna avvicinarsi. Chinarsi su di me. Dire: – Il vaso con le crepe abbevera inconsapevole i fiori sul sentiero –. Andarsene. Si alza un vento leggero che si trasforma presto in bufera. Solleva tutti i miei frammenti e li disperde nell'aria, trascinandoli fin sopra al mare. Sono vivo dentro il vortice. Il vento si placa e i miei pezzi precipitano. Nell'istante in cui il primo frammento tocca l'acqua mi sveglio come se avessi subito una scossa elettrica. Sono le 3.33. La febbre è andata via e sono in un bagno di sudore. La tivú dimenticata accesa trasmette l'ultima parte di un film coreano coi sottotitoli. La prima frase che leggo dice: «Non sei mai stato quello che credevo, cosí puoi ancora essere tu».

L'amore e le verze.

L'ultimo dell'anno piú di merda della storia fu vent'anni fa, esatti.

La mia ragazza mi aveva lasciato in primavera, avevo guadato l'estate alla cieca e cercando solo di recuperare il fiato, dall'inizio di novembre mi vedevo con una che mi piaceva ma con cui ancora non si era ben capito se fossimo amici, spasimanti, stimatori reciproci o che. Dopo Natale provai a baciarla sotto i portici di piazza Dante, lei si scostò quel tanto e mi disse che non poteva perché si vedeva con un tipo, mi ricordo che pensai: «Se ti vedi con un tipo cosa cazzo stai qui con me a fare la gatta alle due di mattina di venerdí», pur apprezzando l'onestà. – Io non sono cosí, prima devo parlargli, – disse. Mentre lo diceva vedevo il suo desiderio, speculare al mio, che le si accendeva negli occhi come quei pesci luminescenti nei documentari sugli oceani. Comunque. Lei quell'ultimo dell'anno se ne andò a Parigi da amici e credo con lui, io restai a casa col mio bacio in sospeso, chiuso in camera fino al mattino a bere spumante dell'Esselunga e ascoltando in loop *Prima di essere un uomo* di Daniele Silvestri.

Quando mi svegliai c'era la neve. Telefonai in montagna ai miei per far loro gli auguri, mi preparai il caffè, poi fumai mezzo pacchetto di Marlboro Lights seduto sulle scalette esterne della cucina, pensando a quanto sarebbe stato bello un bacio seduti lí, sotto la neve, guardando le verze di mio padre nell'orto, tutta la casa e l'intera giornata per noi. Invece da qualche parte a Parigi c'era un povero cristo che probabilmente si era sentito raccontare una storia inattesa di pause di riflessione - ho bisogno di stare da sola - devo capire dove stiamo andando, mentre io ero lí, a guardare le verze seduto sulle scale da solo, spegnendo mozziconi che restavano conficcati nella neve come i sensi di colpa che provavo nei confronti di uno che manco sapevo chi fosse.

Lei mi telefonò il 7 gennaio, mi raccontò di Parigi, non disse niente del tizio, se gli avesse parlato o che. Quella sera stessa mi afferrò per i capelli e mi diede un bacio lunghissimo e profondo, con triplo avvitamento, davanti al cancello di casa sua, tutti i sensi di colpa svanirono in un istante. Le dissi: – Alloa mi ha he gli hai pallato? – perché non riuscivo piú a dire bene la *r*, e mi venne in mente che forse è per quello che lo chiamano «bacio alla francese». Lei per rispondermi mi baciò di nuovo, e io pensai che in fondo la *r* è una consonante molto sopravvalutata.

L'anno seguente fu forse il piú bello di tutta la mia vita, quantomeno fino a lí.

La morale di questa storia è che certe volte gli esordi migliori partono da rincorse di merda, ma che se non trovi il coraggio di saltare non lo scoprirai mai, che l'amore è l'unica cosa al mondo in grado di farti parlare come un cinese che vive a Prato, che il fatto che Parigi sia una città romantica dipende soprattutto da quale lato la guardi e che nel dubbio, nel dubbio, una verza ci sta sempre bene.

Tump tump.

Aspettando la pioggia, giú in studio, con la finestra aperta, ascolto le voci delle bambine che provengono dal piano di sopra. Le voci sono intervallate dai ritmici *tump tump* di Melania, che salta sul tappetino elastico parcheggiato nel nostro ingresso ormai da due anni. Fuori la luce va e viene. Il grigio denso dei nuvoloni si alterna a improvvisi squarci di sole, il vento agita appena i rami degli abeti, i cani sono irrequieti come se percepissero che sta per succedere qualcosa. È prevista grandine, speriamo non faccia danni.

Qualche anno fa, era un pomeriggio uguale a questo, le bambine e io fummo colti da una brutta tempesta durante il tragitto in auto per andare dai nonni. Da allora, Ginevra teme «le palline di ghiaccio» piú di tutto il resto. Non dimenticherò mai la sua paura e il suo pianto sotto la grandine battente, la nostra auto ne porta ancora i segni. Non mi sono quasi mai sentito cosí inerme. Eravamo fermi, con la macchina infilata in fretta e furia sotto un albero, cercando un riparo di fortuna. Ricordo che stringevo forte Ginevra contro il mio torace, e sentivo il suo cuore battere fortissimo attraverso la maglietta, oltre il muro delle lacrime e dei singhiozzi, pur in mezzo al martellante frastuono.

Oggi, subito dopo il pranzo, mentre stavo sparecchiando, Ginevra ha chiesto a Paola: – Mamma, ma anche il cuore ha un cuore? – La domanda ci ha colti di sorpresa. Paola ha ovviamente risposto di no, ma lei non sembrava convinta. Ho continuato a pensarci mentre lavavo i piatti, non tanto a una possibile risposta, quanto alla bellezza della domanda. Anche il cuore ha un cuore? Chissà, in certi momenti forse sí. Può succedere quando stringiamo forte qualcuno, per fargli coraggio o per farne a noi, mentre il cuore dell'altro diventa una specie di secondo battito, mentre ci ripariamo dalla grandine o danziamo nel cuore della tempesta, aspettando la pioggia con la finestra aperta, ecco il primo lampo, le prime gocce sul porfido, l'erba che diventa piú lucida, un cane abbaia in lontananza, dal piano di sopra arriva un ritmico *tump tump*.

Le ali dell'ornitorinco.

Ho questa coppia di amici.
Lui si chiama Ettore, lei Giuliana, si sono innamorati, sono andati a vivere insieme quasi subito, hanno fatto una bambina. Una storia come tante.
Dopo quasi un anno Giuliana, grazie anche all'amore di Ettore, è riuscita a dare finalmente un nome a quella cosa che sentiva agitarsi dentro da sempre senza darle tregua. Le era stata diagnosticata a lungo come depressione, poi come personalità borderline, perfino come *eccentricità*. Perché è una cosa di cui in passato non si parlava tanto, e chi la provava era sottilmente indotto a tenerla nascosta come una vergogna che non ha diritto nemmeno a un nome. Il problema di Giuliana era che non riconosceva del tutto il corpo che abitava, era come vivere a metà. Il mondo le diceva: guarda che sei un'anatra, mentre lei si sentiva un castoro.
La chiamava «la sindrome dell'ornitorinco».
Ha scoperto invece che si chiama «disforia di genere».
Giuliana ne ha parlato con Ettore, poi con un medico che per la prima volta non l'ha trattata come fosse pazza. Ha cominciato ad assumere ormoni e a intraprendere le pratiche cliniche e giuridiche per il cambio di sesso: adesso il suo nome è Julian.
– Come Julian Ross, quello di *Holly e Benji*, – ti dice.
Una sera di qualche tempo fa, davanti a una birra, a Ettore l'ho chiesto.
– Ma com'è?

– Com'è cosa?
– Eddài, su. Non dev'essere facile, credo. Ti eri messo con una lei e ora starai con un lui, in pratica.
– L'amore non è mai facile per nessuno, sennò sarebbe una cosa che non vale niente.
– Ma va' a cagare. Dammi una risposta vera.
– E che ti devo dire, – mi ha fulminato. – So che a te può sembrare strano, ma io tocco le stesse mani, abbraccio la stessa schiena, bacio la stessa bocca, mi perdo negli stessi occhi, amo la stessa testa, accarezzo le stesse gambe. Non m'importa del resto.

Mi è scappato un mezzo sorriso di cui mi sono vergognato quasi subito.

– E niente battute sul cazzo, per piacere, – ha detto, – poi per adesso non ce l'ha ancora e non è detto che ce l'avrà mai.
– E se ce l'avrà?
– Non cambierà niente. Io amo quello che è, non quello che ha.

Ogni volta che ci ripenso, penso a quanto amore ci voglia per un amore come il loro, e mi vengono in mente quelle coppie che magari si lasciano perché «sei cambiato» o perché «non sei piú quella di prima», come se scegliere di restare fedeli a sé stessi e al proprio percorso fosse un'infedeltà nei confronti del partner.

Oggi Ettore e Julian, a dispetto dei pronostici di tutti, stanno ancora insieme e continuano ad amarsi e a essere una famiglia. Si sono sposati da poco, la loro bambina fa la seconda elementare, cresce felice volando sopra i pregiudizi della gente.

Si chiama Aria, è figlia di un amore che ha due ali grandi cosí.

Viaggiare nel tempo.

Stanotte ho viaggiato nel tempo.
Mi sono alzato convinto che fossero le 5.05 e invece erano le 4.00. Cosí, anziché dormire un'ora in piú, ho guadagnato un'ora di lavoro. La cosa buffa è che invece l'iPad si è tirato indietro da solo, perciò avevo la sveglia sul comodino che segnava un'ora e l'iPad un'altra. Il computer dello studio un'altra ancora, dato che una volta alla settimana, quando lo accendo e chissà perché, è convinto di trovarsi alle 23.47 del 31 dicembre. Del 2001. L'unica che ha mantenuto gli orari soliti è stata Cordelia, che ha fatto la pipí in taverna puntuale, proprio davanti al camino, poco dopo le 4.00. Che poi sarebbero state le 3.00, ma lei mica lo sapeva.

Quando sono sceso ho poggiato la tazza di caffè fumante sul termosifone freddo, il piattino coi biscotti, ho riempito il secchio del mocio e ho pulito tutto, poi siamo usciti in giardino. C'era un cielo bellissimo e le stelle parevano cascarti addosso. Ho pensato ai miliardi di anni che impiega quella luce per arrivare fino a noi e ho pensato che, se la vedi cosí, un'ora avanti o una indietro non ti fa alcuna differenza, come non ne farebbe un grano di sale in piú o in meno su un'acciuga. E mi è venuto in mente che dopo le decine di anni che erano servite a me per essere lí, precisamente in quel momento, stretto nel mio maglione, col respiro che faceva le nuvolette e a naso in su, non era l'ora a contare, ma solo la consapevolezza di essere vivo e sveglio. Sono rientrato, ho ripreso il caffè freddo dal termosifone appena tiepido e il piattino coi biscotti. Ho fatto colazione leggendo una mail che diceva cose gentili e mi sono seduto al tavolo da disegno. Quando mi siedo al tavolo da disegno, capisco sempre che l'unica ora che m'interessa davvero è il momento in cui si fanno le cose.

Ho letto, da qualche parte, che ogni sacrificio che facciamo è un risparmio, nel senso che sottraiamo qualcosa all'adesso in nome del nostro futuro, e ci si chiedeva quanto questo fosse giusto. In realtà, secondo me, non si tratta di sottrarre, ma di moltiplicare. Funziona come tendere l'elastico di una fionda. Nel tempo della tensione si percepisce solo la fatica muscolare, sognando il rilassamento del rilascio. Ma è proprio lí, nell'accumulo potenziale dell'energia, durante la concentrazione del lavoro, che siamo davvero padroni del nostro tempo e del nostro destino e possiamo ancora orientare il lancio. Dopo, potremo solo stare a guardare e pregare che la mira fosse giusta. Per questo il presente è l'unico modo di operare nel mondo, la sola maniera di viaggiare nel tempo possibile, perché è il timone che imposta la rotta per ogni domani. Non voltarsi indietro a rimirare i passi e a rimpiangerli nostalgici, ma provare ad avere, come diceva Bradbury, «nostalgia del futuro».

Perché, nel futuro che sogniamo per noi, ci siamo già stati.

Il lavoro che facciamo oggi, qui, proprio adesso, tutto l'amore che investiamo, sono solo una maniera per ritrovare la strada.

Semmai.

In auto, andando a fare la spesa.
– Papà, guarda che devi stare attento.
– A cosa, Ginevra?
– Perché se richiedi alla mamma di sposarti lei ti dice di no.
– Eh? E come mai?

– Perché se la sposi devi regalarle dei fiori.
– E allora?
– Alla mamma non piacciono i fiori morti, lei vuole che i fiori restino nel prato.
– Caspita, è vero, e allora come faccio?
– Non devi regalarle cose morte, la mamma non le vuole.
– Uhm. E se le regalassi un merlo?
– Ma no! La mamma non vuole che gli uccellini vengano tirati via dal cielo.
– La questione comincia a farsi difficile, Ginevra. Avresti mica qualche consiglio da darmi?
– Regalale un gattino.
– Un gattino, dici?
– Sí.
– E secondo te piacerebbe alla mamma?
– Sí, sí, me lo ha detto lei!
– Ma sai che io conosco una bambina che continua a dire che vorrebbe un gattino? E che se le inventa tutte pur di ottenerlo?
– E chi è?
– Chissà, secondo me la conosci anche tu.
– Non è vero!

Rido. Ginevra mette su il broncio e comincia a guardare fuori dal finestrino. Dopo un minuto ricomincia.

– Papà.
– Eh.
– Semmai va bene anche un pony.

Lo specchietto rotto.

Ieri sono tornato da Trento sul tardi, nel vagone del treno c'eravamo solo io e un signore sui sessanta con la faccia tutta rovinata, come se l'avessero grattugiata per terra, poi una ragazza coi capelli fucsia e un piercing gigante che parlava al telefono a voce troppo alta, col risultato che ora anch'io e il signore con la faccia grattugiata sappiamo che la Margy si sta vivendo la gravidanza malissimo, «Ma minchia non ho mai conosciuto una depressa come lei», «Ma se doveva prenderla cosí poteva comprarsi un cane», che già a «comprarsi» ho pensato, non so perché, che quei capelli fucsia e quel piercing nascondessero una buona dose di conformismo. A Verona sono uscito dalla stazione nell'aria incerta della notte, non faceva né caldo né freddo ma tirava un venticello tagliente, indossavo una t-shirt e la sciarpa, che non avevo voglia di prendere la felpa dallo zaino, tanto in giro non c'era nessuno. Sono salito nella stradina buia dove posteggio sempre la Opel, sotto gli alberi, mentre mi avvicinavo all'auto ho notato tre ragazze che venivano verso di me parlottando, tutte e tre molto alte, gambe lunghe e scure, bellissime, quando ci siamo incrociati una mi ha detto Ciao, io ho risposto Ciao, quella piú alta delle tre mi ha detto Andiamo amore, io l'ho guardata perché non capivo con chi stesse parlando, poi ho capito, le ho sorriso, lei ha sorriso, i suoi denti bianchissimi scintillavano nel buio come una promessa, le ho detto Devo andare a casa, le tre ragazze mi hanno superato come niente fosse e hanno continuato a parlottare. Quando sono arrivato alla macchina mi sono accorto che qualcuno mi aveva rotto lo specchietto, è la terza volta in un mese, l'ho raccolto che penzolava dalla portiera, l'ho spinto dentro la sede di plastica con tutta la forza che avevo, lo specchietto ha fatto *crack* ma almeno adesso stava su. Ho sistemato lo zaino sul sedile dietro, sono partito, un ciclista è sbucato all'improvviso sulle strisce, ho inchiodato, c'è mancato davvero un niente, il ciclista mi ha mandato a cagare, ho pensato a quanto poco, certe volte, ci separa da una vita tutta diversa, in un attimo puoi diventare un ciclista investito sulle strisce, un pirata della strada, un signore con la faccia grattugiata, una ragazza che si fa i capelli fucsia e un piercing gigante per nascondersi a sé stessa, un'altra che è costretta a vendere promesse nel buio perché la vita non ha mantenuto le sue, un vecchio con la sciarpa che compra l'amore sotto gli alberi, uno specchietto rotto che fa *crack*.

Solo te.

Ogni volta che mi faccio la doccia e poi scendo in studio, Heidi arriva sparata come una pallottola e si mette a leccarmi i piedi e le gambe. Lo fa perché per lei non ho piú il mio odore e cerca dunque di «pulirmi» a suon di leccate, per restituirmelo. Come se ci fosse una patina da togliere per riportare in superficie il «vero me». Questo mi fa riflettere sempre, perché penso sia la cosa piú vicina all'amore come dovrebbe essere. Accade lo stesso con i bambini, ai quali non interessa né come siamo vestiti, né se siamo profumati, né che lavoro facciamo, conta solo che siamo lí. L'amore vero in fondo ci dice: non mascherarti, guardami negli occhi, non me ne faccio niente delle corazze dietro cui credi di nasconderti, dammi ciò che sta sotto e dentro, io voglio solo te.

Tu invece no.

In quell'ottobre, aveva ventiquattro anni, un inestricabile groviglio di capelli rossi in testa e gli occhi che parevano due buchi disegnati con pennello e china da un pittore zen.

Non era bella, almeno non secondo l'accezione comune di bellezza, ma aveva un viso molto espressivo, la bocca che non stava ferma quasi mai e un piccolo naso che si arricciava in maniera buffa quando parlava. Non era alta e aveva un fisico contraddittorio: le spalle larghe da guerriero e la vita magra, ma i fianchi generosi e le gambe ben tornite da donna del Sud. Ci incontrammo per caso, fu un amore potente.

L'agosto successivo decidemmo di partire per il mare. Mio padre mi aveva lasciato il suo vecchio Kavir 242 della Fiat, che lei ribattezzò «Mimmo». Feci appena in tempo ad assemblare un veloce bagaglio e poi via, in direzione della Puglia. Sembravamo la bella copia di Fantozzi e la Pina a vent'anni. Scendendo, tutto ciò che era possibile di Mimmo si guastò. Il radiatore, i freni, la cinghia del motore. Maledissi piú volte mio padre, intimamente convinto che fosse a casa a farsela sotto dalle risate. Riuscimmo ad arrivare al nostro campeggio dopo un'odissea durata quattro giorni, con metà del budget volatilizzato per le riparazioni meccaniche.

Quando la vidi tuffarsi nel mare di Puglia, mi sembrò di assistere alla liberazione di un animale dopo mesi di cattività. Era come se mi stesse svelando la sua vera natura. Ho ancora stampata vivida nella mente quest'immagine, alla quale spesso mi sono aggrappato nel corso degli anni, quando volevo ricordarmi perché vale la pena, sempre. Aveva i capelli raccolti e un costumino azzurro. Fu la prima volta che mi accorsi che il sole le raddoppiava le efelidi e che i suoi occhi cambiavano colore a seconda del tempo. La guardavo nel mare e mi buttai anch'io e lei mi invitò subito ad avvicinarmi e le arrivai accanto e la sollevai nell'acqua senza peso, come fosse una bambina. Lei mi attorcigliò le gambe attorno alla vita e le braccia intorno al collo. Fu in quel preciso momento che pensai: niente sarà mai piú cosí, niente può essere piú di questo momento, da qua in poi la parabola sarà tutta discendente. Fu un pensiero che mi ricolmò di tristezza, ma anche della voglia di trattenere forte quell'attimo e imprimerlo nella memoria, indelebile.

Qualche mese dopo mi lasciò. Passai quasi un anno con la sensazione di non riuscire a respirare, e pensai che niente avrebbe mai potuto essere simile a quella straziante sensazione di inermità e vuoto.

La rividi piú di dieci anni dopo, nel reparto di neurologia infantile. Avevo portato lí Virginia, che al tempo aveva due anni, a causa delle sue convulsioni febbrili, tornate ancora. Quando mi si parò davanti, vestita da dottoressa, avevo talmente paura per Virginia che mi resi subito conto che quel tipo di terrore lí aveva spazzato via tutto. Accanto a me c'era Paola, che non sapeva nulla. In quel momento, nella stanza, c'erano insieme quel che avevo perso e tutto ciò che avevo paura di perdere. Fu lí che compresi con chiarezza che in quell'estate avevo torto e che l'amore non funziona come una parabola, ma come un solido. E che fino a quando non capisci questo, dell'amore non sai un cazzo.

La guardai come si fissa una vecchia fotografia, con Virginia in braccio aggrappata al collo, e non sapendo bene cosa dire dissi: – Sei rimasta uguale.

Lei mi guardò negli occhi accennando un sorriso, e sapendo bene cosa dire disse:

– Tu invece no.

Le macerie.

Fra sei ore sarà il mio quarantaseiesimo compleanno.

Sto per uscire con degli amici – pochi, ma buoni – che a noi piace prendere i compleanni in anticipo, ma soprattutto perché domani, che sarà *il* giorno, voglio stare con la mia compagna e dedicarlo solo alle nostre bambine.

Paola scherzando mi ha detto: – Adesso tu vai fuori e ti disfi, e quando tornerai a casa a me resteranno soltanto le macerie.

Non posso nemmeno darle torto, visto che l'anno scorso, in questo stesso giorno, sono arrivato a casa alle quattro del mattino, dopo undici chilometri a piedi nel freddo notturno di novembre, perché un amico pirla si era imboscato per scherzo le chiavi della mia auto e poi se ne era dimenticato. Il fatto che siamo ancora amici – direi: molto di più – depone a favore della mia idea di amicizia.

La mia idea di amore, invece, si fonda proprio sull'amare le macerie. Amarci quando siamo in forma e brillanti e senza problemi, siamo capaci tutti. Amare il tuo uomo quando rincasa alle quattro del mattino senza chiavi, senza auto, accoglierlo nel letto anche se sa di sigarette e ristorante cinese e undici chilometri a piedi nella nebbia e biascica cose di cui il giorno dopo si vergognerà ma mentre le dice no, e per fortuna, abbracciarlo al buio come per dire «adesso ci sei», ecco, quello invece. Amare la tua donna quando è intrattabile e le viene quella ruga sulla fronte, quando ti scrive con assoluto candore che certe volte ha un po' paura di te, e tu vorresti dirle che certe volte hai un po' paura di lei, e che ne abbiamo perché sono proprio le persone che scegliamo di tenerci più vicine quelle che hanno il potere di farci più male. Per questo è importante prestare attenzione a non farne.

«Amare significa non zuccherate», diceva il mio amico Claudio, millenni fa. Penso avesse ragione, perché le macerie non sono dolci, le macerie svelano la struttura che sta sotto, dunque anche le nostre fragilità e debolezze, e le debolezze sono sempre amare. Lo sono in entrambi i sensi.

Fra sei ore sarà il mio quarantaseiesimo compleanno.
Esco con in tasca due chiavi dell'auto.

Non sto benissimo, ho un po' di febbre, ho deciso di uscire lo stesso perché cosí posso avere voglia di tornare a casa, e immaginarmi per tutto il tempo quell'abbraccio là.

Quello che di anni ne ha dodici, e che da dodici anni mi accoglie tenendomi insieme. Temendoci insieme.

Tenendoci, insieme.

Ricordati che.

Sono in stazione a Brescia, è quasi mezzanotte, sono di ritorno da una presentazione, l'ultimo regionale per Verona è in ritardo. Ad attenderlo siamo un eterogeneo gruppetto di persone. C'è la signora bionda con la permanente e un cappottino scuro corto e l'aria da «mai piú a quest'ora», un paio di ragazzi coi cappucci delle felpe tirati su, gli zaini e le mani in tasca, un tizio tarchiato che indossa una divisa blu e grigia con scritto sulla schiena «Volontario Croce Rossa», un signore calvo con occhialini e ventiquattrore che ha addosso solo una giacchetta nera e una camicia azzurra, a guardarlo muoio di freddo.

Quando il treno arriva saliamo tutti sullo stesso vagone, sale anche il controllore. La signora bionda chiede il perché del ritardo, il controllore spiega che due maghrebini sono saliti in stazione a Treviglio e hanno cercato di strappare la borsa a un passeggero. La signora chiede se episodi di questo tipo accadano spesso, il controllore spiega che le statistiche ufficiali dicono di no, ma lui ne vede sempre di piú. Parte inevitabile la giostra di racconti. Il tizio della Croce Rossa dice che a lui una volta questi hanno rubato lo zaino – e con «questi» non dice bene chi intenda, ma in realtà si capisce benissimo – la signora bionda dice che una sera tardi a Bergamo un marocchino ha provato a buttarla a terra per portarle via la valigia, il signore calvo racconta di quella volta che, a un suo amico, un nigeriano ha rubato sul treno un violino da cinquemila euro, che poi è stato rivenduto per soli centocinquanta euro. Mi verrebbe da chiedergli come faccia a saperlo, dato che non credo gliel'abbiano venduto sotto gli occhi. Vorrei dire che io ho preso un sacco di regionali di notte e non mi è mai successo niente, ma sono molto stanco e me ne sto zitto. Il controllore ci invita a prestare attenzione e se ne va.

Alla stazione seguente i miei compagni di vagone scendono tutti. Resto solo nella quiete notturna.

Dopo circa un minuto sento degli schiamazzi, mi arriva la voce del controllore che dice a voce alta: – Non qui! – vedo attraverso il vetro della porta del vagone alcuni ragazzotti, saranno quattro o cinque, uno è altissimo e largo di spalle e ha una sigaretta in bocca, la getta sul pavimento e la spegne o almeno cosí mi pare. I ragazzi entrano, sono visibilmente su di giri, sembrano tutti di origine nordafricana, quello altissimo e largo di spalle è l'unico a buttarmi un'occhiata, camminano come avessero fretta. Passano oltre, escono. Dopo poco ritornano, ripetono la scena in senso contrario. La ripetono una terza volta. Cerco di stare calmo, ma mi rendo conto di essere stato indirettamete suggestionato dai racconti di prima, entro un pochino in allarme. Perché continuano a passare? Cosa cercano? Passano per la quarta volta. Uno di loro si siede nel sedile di fronte al mio, gli altri proseguono. Si sporge verso di me.

– Ciao zio, – dice.

– Ciao, – dico.

– Hai visto come sto messo male, zio?

Lo guardo. Avrà venticinque anni, all'incirca. Sul viso alcune cicatrici fresche, una è rattoppata con dei punti, le mani sono piene di escoriazioni e ha una benda su una tempia.

– Ho fatto un incidente, zio, – dice, – una roba che son tutto rotto, non puoi capire, mi fanno male gli occhi, mi fa male la testa, mi fa male la gamba, mi son spaccato i denti, sono preoccupato per il lavoro.

– Mi dispiace, – dico.

– Mi hanno investito, zio, son tutto rovinato, non so cosa fare, toccami la mano qui, guarda, tocca.

Mi prende la mano e la mette sulla sua, la stringe, mi mette l'altra mano sulla spalla. È mezzanotte e mezza passata, sono solo sul treno, non capisco cosa voglia. Mi ricordo dei racconti di prima, di quello che ha detto il controllore.

– Cosa vuoi?

Lui continua con la storia dell'incidente.

– Cosa vuoi? – ripeto.

Ma lui niente, continua a raccontare come non avesse sentito, è un fiume in piena, inarrestabile, d'un tratto penso che stia cercando di confondermi.

– Vuoi soldi? – dico.

– Eh?

– Vuoi soldi?

Mi fissa, ho l'impressione che i suoi occhi contengano una punta di pena per me.

– No, zio. Non voglio niente, tranquillo. Volevo solo parlare.

Mi sorride piano mentre lo dice. All'improvviso mi sento una merda.

– Come ti chiami?

– Fahim.

– Cosa fai sul treno a quest'ora, Fahim?

– Vado da mio padre, – dice. – È incazzato da morire con me per 'sta cosa dell'incidente, figa, e ho un po' di paura. Ma domani dobbiamo lavorare, si comincia presto.
– Che lavoro fai?
– Facciamo i saldatori a filo, zio. È un lavoro difficile, non puoi capire. Con 'ste mani, poi.
– Immagino, – dico. – Ma, scusa, non puoi startene in malattia o roba del genere?
Mi guarda, per pochi secondi è lui il vecchio e io il ragazzo.
– Zio, se non vado perdo il lavoro.
Il ragazzo alto e con le spalle larghe entra all'improvviso nel vagone. Si ferma davanti a noi, mi scruta serio, quasi minaccioso. Dice una cosa nell'orecchio a Fahim, poi se ne va. L'altoparlante del treno annuncia che stiamo per arrivare in stazione, Fahim si alza.
– Ciao zio, – dice, – grazie di avermi ascoltato.
– Di niente, – dico. – E in bocca al lupo per tutto.
– Di chi è questa borsa? – urla il ragazzo alto con le spalle larghe. – Di chi è questa borsa?
Solleva una specie di trolley grigio, quasi sopra la testa. Non capisco perché urli, nel vagone ci sono solo io.
– Non ne ho idea, – dico.
– L'avrà dimenticata qualcuno, – dice lui.
Mi viene in mente d'un tratto che potrebbe essere della signora bionda. Non faccio in tempo a esplicitare il pensiero a voce che il ragazzo alto e con le spalle larghe esce dalla porta del vagone correndo, col trolley grigio in mano. Ecco, t'ho visto subito che eri quello furbo – penso tra me e me. Vorrei andargli dietro, dirgli qualcosa, ma devo raccogliere in fretta le mie cose, metto via l'iPad, mi infilo il cappotto di corsa, indosso lo zaino mentre il treno si ferma, mi precipito giú.

Mi guardo attorno per vedere se ci siano ancora i ragazzi. Scorgo quello alto con le spalle larghe, quasi in fondo al binario.
Sta consegnando il trolley al controllore del treno.
Dietro di lui sbuca anche Fahim.
Mi vede, alza la mano in segno di saluto, lo saluto anch'io.
Mentre scendo le scale della stazione penso chissà se il controllore, nella sua statistica, inserirà anche questo episodio qui. Spero tanto di sí.
Nella mia invece metterò una cosa sola: ricordati di quella sera in cui sei stato un razzista di merda.
Ricordati che è un attimo.

La tartaruga.

Ho capito tardi che tutte quelle storie sull'anima gemella sono solo balle.
Essere anime cugine, anche di secondo o terzo grado, per me è molto meglio. Perfino anime sconosciute. Perché l'amore non è essere fatti l'uno per l'altra, non se con questo si intende essere uguali, oppure avere tante cose in comune. A volte «fatti l'uno per l'altra» può significare essere cosí diversi che neanche in mille vite. L'amore si nutre sempre di differenze, anche piccole, anche in coloro che sono convinti di somigliarsi tantissimo.
Non credo nemmeno nel non farsi mai del male. Quando ascoltai la prima volta *La cura* di Battiato, tutti a dire bellissima, meravigliosa, la piú bella canzone d'amore. Io pensavo: invece no. Non è una canzone d'amore, non d'amore di coppia, almeno. Mi sembra, ancora oggi, una canzone che potrebbe avere scritto un padre per una figlia,

non un amante. Prendersi cura, all'interno di una relazione, non significa proteggersi. Perché in fondo fra due persone che si amano ferirsi è inevitabile, ma è anche un privilegio. Ogni ferita è una finestra che ci mostra la verità, l'irriducibile differenza fra due vite, e quella differenza è un peso difficilissimo da sostenere. Però quel peso è anche ciò che ti salva, che contiene tutto quel che ti serve per affrontare la salita, proprio come uno zaino per un alpinista.

L'amore è piuttosto diventare un'occasione l'uno per l'altra. Quella di comprendere il diverso da noi, quel diverso che però ci portiamo anche dentro. E di riconoscerlo. E di accettarlo. E di impararne il significato, ogni giorno.

Poi è difficile, si sa. Perché a volte è come se lei fosse un'austriaca e tu un giapponese pure un po' rincoglionito. Lei ti piace, tu le piaci, ma rimanete un'austriaca e un giapponese che non parlano le rispettive lingue, e corsi non ce n'è. Si può imparare solo con un'applicazione quotidiana. Tu le insegni le tue parole e lei ti insegna le sue. Certi giorni, non si capisce il perché, anche dopo anni, ti sembra di dover ricominciare tutto da capo.

Il fatto è che ci hanno convinti che il senso dell'amore dovrebbe stare in quell'essere compresi subito, in un attimo, scarpe e tutto. Non è cosí.

L'amore non è un'illuminazione, o lo è solo per un istante, per il resto è piú una specie di viaggio a bordo di una tartaruga. Ognuno è libero di decidere quando scendere o se restare, per vedere insieme all'altro cosa c'è sulla sponda opposta del fiume. Richiede pazienza, come fare un puzzle senza sapere il disegno che verrà fuori, e la capacità di alimentare il fuoco di una concentrazione costante.

Il problema è che le tartarughe vivono tantissimo e vanno pianissimo, mentre in giro è pieno di gente che ha fretta e sembra non avere piú tempo per godersi il panorama.

Che dal guscio di una tartaruga, è risaputo, soprattutto mentre incastri i pezzi di un puzzle, è davvero tutta un'altra cosa.

C'è qualcuno?

Molti anni fa stavo insieme a una ragazza bellissima.
Che era bellissima non lo dicevo mica io, lo dicevano tutti, al punto che i miei amici, quando arrivavo con lei, mi cantavano «Sono un ragazzo fortunato perché mi hanno regalato un sogno» per percularmi. Io camminavo a mezzo metro da terra e avevo dipinta perennemente sul volto l'espressione di uno che ha appena vinto alla lotteria. La sensazione era sempre che lei per me fosse «troppo», e contribuiva a farmi vivere nel terrore dell'abbandono.
Un giorno, incredibilmente, la lasciai io, perché mi ero innamorato di una ragazza bassa e con le cosce grosse che però era in grado di farmi vibrare col solo suono della sua voce. Ci scambiammo il primo bacio in ascensore e ricordo che dovevamo andare al secondo piano e scendemmo invece all'ultimo. Amai quella ragazza come solo a quell'età, e quando in aprile mi lasciò per un tizio bellissimo e palestrato compresi per la prima volta che la vita ha un senso dell'umorismo tutto suo. Questo non mi impedí di stare cosí male che ancora oggi, a pensarci, sento mancarmi il respiro. Dopo qualche mese le scrissi la lettera lunga otto pagine, a biro verde, di cui conservo ancora la brutta copia e in cui misi tutto quel che avevo, al punto che certi giorni ho come l'impressione di stare ancora scrivendo quella lettera là. Non mi rispose mai. L'anno dopo fu l'unico periodo in cui ero palestrato e coi muscoli anch'io, nel patetico tentativo di diventare quel che lei pareva ap-

prezzare, ma non serví a niente, se non a far sí che ogni volta che mi guardavo allo specchio mi chiedessi chi cazzo fosse quello lí.

Stamattina ho messo su il caffè e sono entrato in camera per recuperare la felpa e i pantaloni della tuta che indosso quando lavoro. Paola era a letto che dormiva ancora. Mentre mi svestivo e rivestivo al buio mi sono ricordato che anche a lei, quando ci siamo conosciuti, avevo scritto una lunga lettera, che però oggi non ho piú perché si è volatilizzata tra i bit di un account Tiscali disattivato.

Il fatto è che Paola a quella lettera mi ha risposto, anche se all'inizio mi considerava un pirla, e io me la ricordo ancora a memoria. La lettera conteneva un suo ritratto in cui le avevo fatto i capelli blu.

Ho pensato che la questione è forse che l'amore, almeno a me, viene meglio quando lo disegno.

Ma ho pensato anche che alla fine, ciò che fa la differenza, che tu scelga di affidarti alle parole oppure a un ritratto, a una canzone o a una cena fuori, è solo che dall'altra parte ci sia qualcuno che è capace di vederti davvero, soprattutto quando sembri un pirla.

Un buon posto in cui fermarsi.

Andavo da uno psicologo, avevo problemi con una ragazza.

Non riuscivo a fare breccia, lei soffriva di una forte depressione e non riuscivo a tirarla fuori da lí. Non capivo il perché. La cosa, dopo un po', aveva iniziato quasi a offendermi. Come fai a non vedere il mio amore? Come fai a non considerarlo abbastanza per essere felice? Che cosa ti manca? Avevo cominciato a pensare di essere io il problema. Lo psicologo era un tentativo di aiutarla, di aiutarci. Non volevo mollare.

Scherzando mi dicevo: «Faccio terapia di coppia da solo».
Era cosí.

Lo psicologo mi faceva fumare. Fumava anche lui. Lo amavo per questo. Un giorno lo psicologo mi chiese di scrivere una storia.

– Scriva una storia che parli di un abbandono, – disse.
– Poi me la porti.

La storia era questa qui.

> «E se domani | io non potessi | rivedere tee».
> La canzone alla radio pareva una presa in giro.
> La stava aspettando seduto al tavolino del bar già da mezz'ora e cominciava a essere nervoso. Aveva chiesto lui quell'incontro e sapeva che, piú il tempo passava, piú la tensione sarebbe salita e piú avrebbe rischiato. Invece doveva rimanere calmo. Il suo sguardo, il suo timbro di voce avrebbero dovuto risultare sereni e tranquilli. Sapeva bene che questa era la sua ultima occasione per cercare di recuperare le cose, e si era ripetuto mentalmente tutto il discorso decine di volte. Un centinaio, forse. Avrebbe dovuto essere perfetto.
> Sandra lo aveva lasciato due mesi prima e lui aveva deciso che era giunto il momento di muoversi. Aveva deciso che erano ormai passati il tempo del dolore e quello dell'attesa e *prima* che arrivassero l'odio e l'ossessione le aveva chiesto un ultimo incontro per parlare.
> Lei glielo aveva concesso, magnanima.
> Solo che adesso era in ritardo e nonostante gli sforzi il nervosismo di lui cresceva. Soprattutto, doveva stare attento a non sudare.
> NON sudare era l'imperativo categorico. Non poteva permettersi di essere tradito dal suo sistema linfatico dopo il lavoro e la fatica e il training per dominare sé stesso. Il sudore avrebbe reso evidente che lui era nervoso e il fatto che lui fosse nervoso avrebbe voluto dire che gli importava ancora *troppo* di lei e, se lei avesse capito questo, la sua unica chance sarebbe stata bruciata in partenza. Poi doveva stare attento a non gesticolare. E non avrebbe dovuto ordinare degli alcolici, ma un semplice caffè. Oppure un tè, magari.

Lei arrivò a sorpresa, mentre lui stava fissando una crepa sul muro.
– Scusa, scusa, è che non riuscivo a trovare parcheggio. È da tanto che sei qui?
– Da mercoledí, – disse lui.
Lei sorrise, sedendosi. «Bene, – pensò lui, – falle vedere che sei rilassato».
– Cosa prendi?
– Mmh... un prosecco.
«Un prosecco? – pensò lui. – Come, un prosecco?»
– È l'ora dell'aperitivo, no? – disse lei leggendogli nel pensiero.
L'appuntamento era per le cinque e mezza. È arrivata con quasi un'ora di ritardo. Ora dell'aperitivo.
– E tu che cosa prendi?
– Un... una... birra. Media, grazie, – fece alla cameriera.
– Allora? – disse lei. – Come stai?
– Bene. Molto bene, grazie. E tu?
Iniziò cosí, con una semplice domanda.
Sandra cominciò a parlare. E parlare. E parlare. Andò avanti per un tempo che gli sembrò interminabile raccontandogli delle sue difficoltà sul lavoro, di sua mamma che stava male, di Cinzia col nuovo ragazzo. Lui ascoltava o meglio faceva finta di. Cercava di mostrarsi interessato, di sostenere il suo sguardo, di sorseggiare la birra – che nel frattempo erano diventate due – leeentamente.
Nella testa continuava a ripetersi il discorso, in attesa del momento.
Ma Sandra non smetteva, non gli lasciava spazi, sembrava quasi lo facesse apposta. E lui avrebbe voluto interromperla, avrebbe voluto dirglielo. Adesso basta, parliamo di me, di ME, perdio! Sono io quello ferito, sono io quello che deve ricostruirsi un'immagine ai tuoi occhi, quello che deve parlare, che deve vomitare il discorso preparato appositamente per incuriosirti e per farmi rifulgere ai tuoi occhi di nuova luce. Fammi rifulgere, cazzo.
Niente, non c'era verso. Non l'aveva mai vista cosí, era come se gli si stesse accanendo *contro*. E lui stava cominciando a dimenticarsi pezzi del suo discorso, o meglio, non si ricordava come doveva iniziare, si era scordato le pause, le pause, fondamentali! Come avrebbe dovuto farle, quante e dove. Stava andando in confusione, cercò piú volte di ricostruire mentalmente la sequenza, ma era difficile senza farsene accorgere e con lei che parlava.

– Hai caldo?
La domanda arrivò improvvisa.
– Eh?
– Sei tutto rosso.
– No, è che. È la birra. Scusa, vado un attimo in bagno.
Entrò in bagno e si guardò allo specchio. Aveva il viso ormai livido. Cazzo cazzo cazzo. Non era la birra, lo sapeva bene. Era la voglia che aveva di dire quello che doveva dire, erano le parole che se ne stavano giú compresse nello stomaco da settimane, era il desiderio bruciante di rivincita, di riaverla indietro. Era la voglia di avere di nuovo una *possibilità*. Solo che tutto, tutto stava andando per il verso sbagliato, non c'era nulla che stesse anche solo minimamente somigliando a come se l'era immaginato. Ma niente era perduto. In fondo doveva ancora parlare. Ripassò in fretta il discorso davanti allo specchio. Si sciacquò la faccia con l'acqua fredda, tirò un bel respirò e uscí.

Al tavolo non c'era piú nessuno.

Ispezionò rapido il locale e con la coda dell'occhio scorse Sandra appena fuori dal bar che chiacchierava al cellulare. Rideva. Ma non quelle risatine a cascatella a cui era abituato. E nemmeno quelle risate di circostanza che a volte si fanno al telefono, tanto l'interlocutore non può vederci. No, Sandra ri-de-va. Rideva forte, divertita e con gli occhi luccicanti. Quando stavano insieme non l'aveva mai vista ridere cosí, a parte i primi tempi. Ed era andata *fuori* per telefonare.

Fu lí che lui capí, finalmente. Per la prima volta vide le cose nella loro cristallina evidenza. E comprese di non aver mai avuto alcuna possibilità.

Prese la giacca, si alzò e si diresse verso il bancone. Pagò due birre e due prosecchi. Sandra, che dall'esterno non s'era accorta di niente, se lo vide arrivare incontro sorridente.

Lui si avvicinò a circa tre centimetri dalla faccia di lei scartando appena a sinistra. Lei pensò volesse baciarla sulla guancia e d'istinto ruotò un po' la testa e invece lui non fece nulla di tutto questo ma, dentro al microfono del cellulare, disse: – Trattala bene. O ti trovo, – con una voce che Sandra non gli aveva sentito mai.

Poi le prese la testa, la tirò leggermente verso di sé e le diede un bacio sui capelli.

– Stai bene, – disse, – io sto bene, solo questo volevo dirti, – e si avviò lasciandola interdetta sulla porta con gli occhi sgranati e il telefono in mano.

Estrasse una sigaretta cinque passi dopo (si era ripromesso anche di non fumare). Accendendola aspirò una boccata e voltò l'angolo del vicolo.
– Pronto? Pronto? Che è successo?! Chi era?! – urlava Cinzia dall'altro capo del telefono.
– Era Marco, – disse Sandra. – Credo mi abbia appena lasciata.
– Lasciata? Lui? Ma non l'avevi già lasciato tu, scusa?
– Sí, – disse Sandra.
Chiuse il telefono e iniziò a correre verso il vicolo come se improvvisamente ne andasse della sua vita.

Lo psicologo, dopo avermela fatta leggere a voce alta, mi disse: – Che cosa c'è in questa storia?
– In che senso?
– Chi è il protagonista?
– Ah. Un uomo e una donna.
– No. Chi è il protagonista vero?
– Lui, forse. Credo.
– E che cosa vuole fare, lui?
– Riconquistare il suo amore perduto.
– Perché lo ha perso?
– Ah, be', questo nella storia non...
– Perché lo ha perso?
– Perché lei si è innamorata di un altro, o almeno cosí lui credeva.
– Ed era vero?
– No.
– Alla fine lui la riconquista?
– In un certo senso.
– E come fa?
– Come fa cosa?
– Come la riconquista? La riconquista col copione che aveva preparato?
– Be'. No.

– Le è capitato spesso di voler riconquistare o di rimpiangere amori perduti?
– Aspetti. Di che stiamo parlando?
– Risponda alla domanda.
– Sí. Quasi sempre.
– E perché li ha perduti?
– Non lo so, credo perché certe cose vanno come devono andare.
– Solo per questo?
– Cosa vuole farmi dire?
– Non voglio farle dire niente, lei è libero di dirmi quel che crede. Perché li ha perduti?
– Non saprei. Forse perché non sono mai stato un buon posto in cui fermarsi.
– Lei prepara spesso copioni, nella vita?
– Che intende?
– Ha sempre questa necessità di controllare le cose, affinché vadano come vuole?
– Ma io, veramente non...
– Ci pensi: perché è qui da me?
– Perché stavolta voglio capire come far funzionare le cose.
– Ci pensi meglio: perché lei è qui da me?
– Perché voglio che la mia donna mi ami. Perché voglio che lei capisca quello che...
– Dove sta scritto?
– Cosa?
– Dove sta scritto che la sua donna deve capirla?
– Be', se due persone si amano, io credo che...
– Quando la riconquista, nel racconto? Ci pensi.
– Forse...
– Forse?
– Non lo so... credo quando... forse...

– Forse?
– Forse quando accetta di non poter cambiare le cose, compreso il fatto di averla persa.
– E quindi?
– E quindi cosa?
– Quando la riconquista?
– Ma che ne so! È solo un racconto del cazzo!
– Ogni vita è un racconto. Anche la mia. Anche la sua. Dobbiamo essere consapevoli di quel che scriviamo.
– Questa me la segno.
– Quando la riconquista?
– …
– Quando?
– Quando rinuncia a volersi sentire al sicuro.

Lo psicologo non disse niente, poi mi offrí una Philip Morris. Fumammo in silenzio, fuori dalla finestra socchiusa due adolescenti aspettavano l'autobus tenendosi per mano.
Al termine della seduta tornai a casa di corsa, come se d'un tratto ne andasse davvero della mia vita.
Era cosí.
Paola era in piedi, al centro del soggiorno della casa in cui eravamo appena andati a vivere insieme.
– Devo parlarti, – dissi.
– Sono qui.
Scoppiai in un lungo pianto davanti a lei.
– Scusa, scusa, scusa. Basta copioni, promesso. Adesso sono io.
Lei mi guardò, mi abbracciò, mi baciò come se fossi un reduce appena tornato dal fronte. Nel bacio sentivo il sapore salato delle mie lacrime.
– Non m'importa se mi farai male, – dissi.
– Accadrà, – disse.

Lo psicologo mi chiamò tre giorni piú tardi, mi comunicò che avevamo finito.
Cinque mesi dopo nacque Virginia.
Noi siamo ancora qui.

Bianco

L'amore che resta.

Cara ragazza,
   mentre ti scrivo ho di nuovo diciannove anni, sono seduto sulle scale della cucina a far asciugare i capelli al sole, poi passerò a prenderti con l'Ypsilon 10 di mio padre. È la fine dell'estate della maturità, ho la patente da un mese, tu sei l'amore che voglio.
   A ottobre andrò a studiare a Venezia e mi lascerai. Ti chiamerò ogni sera nell'autunno piú piovoso della storia, dalla cabina telefonica di Rialto, tua sorella ogni volta mi dirà: «Non c'è, è fuori con Luca». Io riappenderò, poi urlerò, poi il mio amico Carlo mi dirà: «Andiamo a bere».
   Ci rimetteremo insieme dopo quattro mesi interminabili, il giorno in cui scoprirò che Luca non esiste, ma è solo il nome che dài alla tua paura. La maniera che hai per dirmi: «Fammi vedere quanto ci tieni. Torna a prendermi». Quando lo farò, saremo due pesci che finalmente riguadagnano l'acqua. Sarà un anno di mani che si sfiorano, baci con le labbra screpolate, film al cinema di cui non ricordo niente, poi l'estate di nuovo addosso.
   Ci lasceremo in inverno, per decisione mia e per la sensazione che mi spetti, stavolta, il tuo dolore per il mio abbandono. La realtà è che sentire di averti già tro-

vata è una consapevolezza che a ventun anni mi sconvolge. È piú gestibile la presunzione di poter tornare a prenderti, di nuovo, un giorno.

Quel giorno non ci sarà. Ci sarà invece chi dopo l'incidente mi dirà: «Se fosse rimasta con te, magari sarebbe ancora viva». Ci saranno il senso di colpa che mi accompagnerà a lungo come un secondo battito, l'inutilità delle lacrime, la prima scoperta del «mai piú». Passerà del tempo e arriveranno altre ragazze, in ciascuna di loro avrò la sensazione di cercare qualcosa di te. Finirà ogni volta, perché non ti troverò mai. Né in loro, né da nessuna parte.

L'amore non passa nella vita una sola volta, per nostra fortuna. Quel che non torna è la prima opportunità di avere coraggio, l'occasione decisiva di restare, quella di dirsi per la prima volta: due. Può accadere che quella scelta arrivi troppo presto, oppure troppo tardi, ma se la riconosci devi decidere subito cosa farne, perché la vita non aspetta i tuoi ritorni.

Oggi sono passati piú di vent'anni, ho una compagna che amo, tre figlie che sono la luce dei miei giorni, per vivere racconto storie. Ogni volta che mi capita di scrivere dell'amore per un attimo sono di nuovo là, sotto quella pioggia, dentro quella cabina del telefono. Immagino di poterti chiamare dall'adesso, solo per ringraziarti. Per dirti che, quando mi è passata davanti la mia seconda occasione di restare, me ne sono accorto subito, perché per la prima volta non ti stavo piú cercando. Ma soprattutto perché, di nuovo, ho avuto la tentazione di andare via, a causa della mia paura alla quale un giorno ho dato un nome di ragazza.

Sono rimasto anche pensando a ciò che la mia stupidità ci ha fatto perdere per sempre.

Sono rimasto sentendo che l'amore che resta può fondarsi anche su quello che non torna, ma solo se permetti all'amore che non torna di essere la strada che ti porta verso l'amore che resta.

Nota al testo.

Il verso a p. 3 è tratto dalla canzone *Going to California*, interpretata dai Led Zeppelin (J. Page / R. Plant).

La citazione a p. 3 è tratta da Bertrand Russell, *Matrimonio e morale*, trad. di G. Tornabuoni, Longanesi, Milano 1961.

Il brano a p. 63 è tratto da Raymond Carver, *Lo scompartimento*, in *Cattedrale*, trad. di F. Franconeri, Mondadori, Milano 1989.

Il verso a p. 127 è tratto dalla canzone *Con un deca*, interpretata da Max Pezzali (M. Pezzali / M. Repetto).

Il titolo del racconto a p.129 *Ovunque proteggi* è ispirato alla canzone omonima interpretata da Vinicio Capossela (V. Capossela).

La citazione alle pp. 130-31 è tratta da Rainer Maria Rilke, *I quaderni di Malte Laurids Brigge*, trad. di F. Jesi, Garzanti, Milano 2013.

I versi a p. 145 sono tratti dalla canzone *Cucurrucucú Paloma*, interpretata da Caetano Veloso (T. Méndez).

I versi a p. 155 sono tratti dalla canzone *Il tempo di morire*, interpretata da Lucio Battisti (L. Battisti / Mogol).

Il titolo del racconto a p. 157 è ispirato dal titolo film *In mezzo scorre il fiume* (regia di Robert Redford, 1992).

La frase a p. 163 è tratta da Walt Whitman, *Il canto di me stesso*, in *Foglie d'erba*, trad. di E. Giachino, Einaudi, Torino 2016.

Il verso a p. 183 è tratto dalla canzone *Ragazzo fortunato*, interpretata da Jovanotti (M. Centonze / L. Cherubini).

Il verso a p. 185 è tratto dalla canzone *E se domani*, interpretata da Mina (C. A. Rossi / G. Calabrese).

Indice

Blu

p. 9 Le risposte che contano
11 Il mondo intero
13 Gli arancini e la nebbia (A light in the fog)
14 Will Hunting
19 Apri gli occhi
19 Autobus
21 Storia di Mario
22 Ogni cosa ha un prezzo
25 Nessuno saprà
26 L'amore e i brandelli
27 Le ragioni per cui
30 La pizzetta (La vita e il resto)
32 La ragazza del Costa Rica
34 Acqua e farina
35 Il poeta famoso
36 Storia di Esse
38 Due cose
40 Le tende

p.	41	La carbonara
	42	Dei ritorni
	43	Xièxie
	44	I ponti
	46	I tuoi occhi
	47	Prestare i libri
	48	Il tempo di tornare a casa
	52	Un giorno
	53	Invece
	55	Le perline che se le guardi bene bene scintillano
	57	I giorni di festa
	59	La Principessa Mezzanotte
	62	La vita fino a qui

Verde

67	La prima volta
69	Tanto ormai
71	Su Facebook non leggono mica Carver
73	Scrivono solo gli sfigati
74	Novembre
76	L'esprit d'escalier
77	L'amore vola
79	La parte migliore
80	Una buona notte
82	Paninaro
84	Vita

INDICE

p.	86	Calamaaali!
	89	Tradire e tradirsi
	90	La domanda
	90	La cera delle candele (In memoria di Severino Cesari)
	91	Il migliore di tutti
	93	Ricordo di una notte di mezza estate
	95	La resistenza del maschio
	95	Sbagliare numero
	97	Taac, ricco
	101	Hassan Sadki
	103	Lo sgabello Bekväm
	104	Countdown
	107	Un soldo di cacio
	109	Ogni volta
	111	Erkin
	115	L'amore che ci metti
	116	Abbastanza
	118	Attraversare la strada
	119	Le brutte notti
	121	Il maglione
	122	Catarina
	124	Sasso!
	126	Che ne sanno
	127	Storia di Giuseppe
	129	Ovunque proteggi

Rosso

p. 135	Sono stato
136	Baciarsi in cucina
138	Sbrfts
143	Apnea
145	Quel che serve
146	No
147	I segni
150	L'agricoltore africano
151	A soreta
152	L'amore ai tempi della Lazio
153	Vivere in difesa
154	E se poi
154	La quarta volta
156	Qui, adesso
157	In mezzo scorre il fiume
161	Va bene
162	La sindrome premestruale
162	Il sogno
164	L'amore e le verze
165	Tump tump
167	Le ali dell'ornitorinco
169	Viaggiare nel tempo
170	Semmai
171	Lo specchietto rotto

INDICE

p. 173	Solo te
173	Tu invece no
175	Le macerie
177	Ricordati che
181	La tartaruga
183	C'è qualcuno?
184	Un buon posto in cui fermarsi

Bianco

195	L'amore che resta
198	*Nota al testo*

Questo libro è stampato su carta contenente fibre certificate FSC®
e con fibre provenienti da altre fonti controllate.

Stampato per conto della Casa editrice Einaudi
presso ELCOGRAF S.p.A. - Stabilimento di Cles (Tn)
nel mese di maggio 2018

C.L. 23635

Edizione   Anno

1   2   3   4   5   6   7   2018   2019   2020   2021